세상에는 말씀이

마당에는 감꽃이

마당에는 감꽃이
세상에는 말씀이

제자훈련으로 다시 숨 쉬게 된 일상 신앙자 이야기

초 판 1쇄 2025년 02월 18일

지은이 박동기
펴낸이 류종렬

펴낸곳 미다스북스
본부장 임종익
편집장 이다경, 김가영
디자인 윤가희, 임인영
책임진행 김은진, 이예나, 김요섭, 안채원, 장민주

등록 2001년 3월 21일 제2001-000040호
주소 서울시 마포구 양화로 133 서교타워 711호
전화 02) 322-7802~3
팩스 02) 6007-1845
블로그 http://blog.naver.com/midasbooks
전자주소 midasbooks@hanmail.net
페이스북 https://www.facebook.com/midasbooks425
인스타그램 https://www.instagram.com/midasbooks

ⓒ 박동기, 미다스북스 2025, *Printed in Korea.*

ISBN 979-11-7355-073-7 03810

값 18,500원

미다스북스는 다음세대에게 필요한 지혜와 교양을 생각합니다.

제자훈련으로
다시 숨 쉬게 된
일상 신앙자 이야기

마당에는 감꽃이 세상에는 말씀이

박동기 지음

미다스북스

숨을 잃었던 순간, 다시 숨 쉴 수 있었다. 2년간 제자훈련을 받았다. 제자훈련은 삶의 허기를 말씀으로 채우는 시간이다. 텅 빈 마음의 그물을 하나님의 말씀으로 채우는 시간이다. 제자훈련은 하나님의 온기로 채우는 시간이다. 평신도를 인도하고 이웃에게 온기를 나눠주는 것을 배웠다. 훈련 과정을 통해 단기 선교를 다녀왔다. 해외 선교는 항상 동경의 대상이었다. 가고 싶었지만 시간 내기가 힘들었고 비용도 부담되었다. 가지 못하고 부러워할 뿐이었다. 해외 선교는 정신 빠진 사람이나 교회에 미친 사람이 가는 것으로 생각했다. 제자훈련 과정을 통해 강제적으로 가야 하니 어떻게든 시간을 냈다. 내가 없으면 회사에 엄청난 일이 일어난다는 착각 속에서 살았다. 내가 없는 5일 동안 아무런 일도 발생하지 않고 평화로웠다. 혼자만의 틀에 갇힌 생각이었다. 생각이 틀에 갇히면 삶에 곰팡이가 핀다. 나이가 들수록 항상 열린 사고를 하는 것이 필요하다.

다녀온 선교지는 침략당한 역사와 식민지 역사 속에서 살아온 애잔한

민족의 땅이었다. 우리나라와 비슷하여 왠지 친근감이 많이 간다. 선교지 사람들을 보면 친숙하고 거부감이 없다. 현지 선교사님은 선교는 숫자가 아니라 단 한 사람의 영혼이라고 말씀하신다. 선교사님께서 건물과 외부 환경을 보지 말고 사람을 보라고 누누이 말씀하신다. 사람을 만난다. 선교지 아이들 눈망울을 본다. 선교지 할머니의 간절한 눈을 본다. 돌아가신 할머니 같은 분이 예배 후에 내 손을 꼭 잡는다. 이번 선교는 바로 선교지 사람의 눈을 마주하는 시간이었다. 사람을 보았고 희망을 보았다. 선교지는 경제적으로 어려워 전기가 안 들어오고 인터넷이 안 되고 전쟁으로 황무지 같은 곳이다. 그곳에 꽃이 피고 새가 울고 바람이 불어온다. 그곳에 사람이 산다. 척박한 땅에서도 아름다운 꽃들은 똑같이 핀다. 우리와 선교지 사람이 다른 환경에 살지만 결국 하나님께서 피워주시는 꽃은 같다. 성령의 기름 부으심으로 하나가 된다. 흙탕물 같은 땅과 포탄이 날리는 땅 그리고 가난이 찌든 땅에도 성령의 샘물이 흘러 빨간 복음의 꽃이 피고 있다.

우리는 믿음 안에서 한 형제요 자매다. 선교지를 위해 항상 간절히 기도한다. 그곳 복음화를 위해 피땀 흘리신 선교사님들의 희생을 생각하니 마음이 먹먹하다. 신앙이 고착된 틀에 갇히면 믿음에 곰팡이가 핀다. 믿음의 타성은 자기 삶에 찾아온 신앙 위험을 의식하지 못한다. 선교를 통해 틀에 박힌 신앙을 탈피해 한 발 더 성장하길 소망한다. 갑각류는 뼈가 밖에 있고 살이 안에 있어 성장을 안 하는 것처럼 보인다. 하지만 갑각류는 성장할 때 뼈를 다 걷어내어야 새로운 살이 나오는 탈피 과정을 거친다. 탈피는 새로운 살이 외부 환경에 부딪히는 고통스러운 과정이다. 탈피는 다시 성장하기 위한 시간이다. 선교는 삶에서 틀에 박힌 껍데기들을 깨는 시간이었다. 공고한 나의 성을 허물고 하나님께 자리를 내어준 시간이었다. 마침내 하나님의 사랑은 그 눈부신 폐허에서 다시 시작했다. 성장하는 시간이었다.

우리나라에 도착해 보니 밭에 옥수수가 훌쩍 자랐다. 성장하는 것은 아름다운 것이다. 이번 선교를 통해 신앙의 성장을 꿈꿔 본다. 하나님이 주신 꿈을 찾아 다시 힘차게 살아갈 힘을 얻는다. 내 자아는 인제 그만 외치고 하나님이 주신 꿈을 외친다. 선교가 준 은혜의 샘물을 마시고 다시 힘차게 꿈을 향해 달려간다. 닻이 아니라 돛을 선택한다. 삶의 현장으로 힘차게 항해를 떠난다. 선교를 마쳤을 때 밀려오는 만족감은 하나님이 주시는 꿈의 만족감이다. 무기력한 신앙에 활력을 찾는 처방은 선교다. 선교는 하나님 속으로 더 깊어지는 은혜를 준다.

2년 동안 치열하게 달려온 제자훈련을 마쳤다. 삶의 거센 파도 속에서 말씀 훈련의 힘든 과정을 이겨내며 예수님 제자가 되기 위해 버티며 살아왔다. 정글 같은 세상 속에서 말씀을 붙들며 과제를 마치는 것은 쉽지 않았다. 하루 온전한 시간을 내어 하나님께 기도하는 성실함이 필요했다. 체력이 무너질 때도 있었고 살아가면서 힘든 일도 많았지만 여기까지 인도하신 하나님께 찬양을 드린다. 세상을 살아가며 소름이 끼칠 정도로 깊은 모멸감을 경험한 적도 있다. 하지만 그런 순간들을 묵묵히 견뎌내며 이겨낸 시간이 그저 감사할 따름이다. 피투성이가 되더라도 살아있으라는 하나님 말씀에 큰 힘을 얻었다. 그냥 삶의 자리에서 말씀 붙잡고 버텼다. 하나님 은혜 가운데 살아온 제자훈련 과정이었음을 고백한다. 주님의 은혜 가운데 살아가는 힘을 얻게 해달라고 하나님께 매달렸다. 시간마다 역사하시는 하나님을 믿고 나아갔다.

하나님이 함께하시면 인생은 즐거운 소풍이다. 한 해 동안 마음 훈련이 그래도 잘 돼서인지 마음은 평안하다. 훈련하면서 마음이 아픈 부분들이 많았다. 훈련받기 어려운 상황 속에서 시작한 제자훈련을 통해 하나님과 더욱 깊이 교제하는 은혜가 있었다. 훈련받는 2년 동안 육체적으로는 초췌해졌으나 영적으로는 더 건강해졌다. 하드웨어는 낡았으나 소프트웨어는 싱싱해졌다. 육신은 쇠퇴했으나 영은 날로 새로워졌다. 하나님과 더 깊은 관계로 인해 말씀 앞에서 눈물이 터진다. 하나님께서 내게 온유한 마음을 주시어 마음을 평안하게 해주신다. 세상에서 모멸감을 주면 상처가 오래갔는데 지금은 바로 잊어버린다. 잊어버리는 힘, 망각 근육이 더 강해졌다.

제자훈련 기간 동안 하나님은 나에게 풀로 살지 말고 꽃으로 살라고 말씀하신다. 혼자 꽃으로 살더라도 힘들어하지 말라고 하나님은 말씀하신다. 너는 꽃이야. 너는 풀이 아닌 꽃이야. 꽃처럼 아름다운 삶을 살아가라. 제자훈련을 받으며 하나님께 사랑받고 꽃처럼 향기로운 시간이었다. 나는 안다. 앞으로도 내 삶에 수많은 시련이 올 것을. 시련이 오면 힘들어도 이겨내는 근육은 많이 강화되었다. 어지간한 시험에는 흔들리지 않는다. 영적 리더로 잘 이끌어주신 목사님께 감사드린다. 믿음의 공동체 형제들에게 감사드린다. 지금 바람 부는 광야에 백팩 하나 메고 홀로 새로운 세상으로 나간다. 하나님이 함께하시기에 폭풍우가 오는 광야가 두렵지 않다. 하나님이 동행해 주시고 믿음의 형제들이 곁에 있기에 바람 부는 광야에서도 잘 이겨나간다. 어느 곳에 가든지 주님을 예배하는 삶을 살고 하나님 영광을 위한 일을 위해 살아간다. 빛이 되시는 주님을 따라 한 걸음씩 새로운 세상으로 나아간다. 가는 길에 찬란하게 빛나는 하나님 영광을 바라본다. 부끄럽고 수치스러워 고개조차 들지 못했던 내가 십자가에 의지하고 예수님과 다시 호흡하며 세상으로 나아간다.

주후 2025년 2월 18일

박 동 기

호흡 넷

선교 가운데 숨 쉬는 하나님의 은혜

호흡 다섯

다음 세대와 함께 숨 쉬는 부흥의 여정

호흡 하나

잃어버린 숨,
제자훈련을 통해
다시 찾는 은혜

하나님 앞에 있는 그대로의 모습으로

†

어떤 상황에서도 저를 사랑하시는 주님 사랑에 힘을 얻어 오늘을 살게 하옵소서. 그리스도 사랑을 배워놓고도 이웃을 끝까지 사랑하지 못하는 저를 용서해 주옵소서. 용서와 구원을 받았음에도 옳고 그름으로 판단하는 저를 불쌍히 여겨주옵소서. 힘들고 어렵고 불편하게 하는 사람을 위해 사랑하고 용서할 수 있도록 사랑의 길을 가게 하옵소서.

예배를 마친 후 춘천으로 왔다. 어둠이 내리는 새벽 6시에 서울에서 출발하여 점점 더 산이 많아지는 춘천으로 내려온다. 주위 사람은 어떻게 강원도 춘천에서 교회를 서울 교회까지 오냐고 묻는다. 남들은 놀라지만 기쁜 마음으로 예배를 드리러 간다. 하나님 외에는 남은 것이 없으므로 하나님께 의지하고 매달릴 수밖에 없다. 날이 밝았고 새로운 하루가 시작된다. 삶은 어차피 나그네 인생이다. 거처 없는 세상을 살기에 어느 특정한 장소에 얽매이지 않고 천국을 사모하며 이 땅을 나그네로 살아간다. 사극 드라마를 보면 주막이 자주 등장한다. 주막에 영원히 머무는 사람은 없고 모두 잠시 머물다 떠날 뿐이다. 이 세상도 마찬가지로 잠시 머무는 곳에 불과하다. 비록 우리가 세상에서 잠시 위안받더라도 마음속 갈망은 하나님 나라를 향한 사모함이다. 고속도로를 달리다 보면 100km/h 속도제한 카메라가 중간중간 있어 속도를 줄인다. 삶의 여정에서 속도를 줄이는 것이 예배 시간이고 말씀 보는 시간이다. 이 세상이 마치 끝인 것처럼 살지 않고 하나님 나라에 최고 소망이 있음을 바라보며 살아간다. 춘천에 오니 싸라기 눈이 내리고 있다. 같은 대한민국에서 한 시간 이동했을 뿐인데 새로운 겨울 나라로 왔다. 강원도로 오니 온통 얼었고 다시 날씨가 추워졌다.

　친척이 주신 귀한 고로쇠 수액을 먹었다. 시중에 파는 것이 아닌 직접 수확한 것을 주서서 감사히 잘 마셨다. 고로쇠 수액은 나무 혈액이다. 나무에는 좀 미안하지만 내 건강 챙기겠다고 고로쇠 수액을 마셨다. 목으로 넘어갈 때 나무 혈액 냄새가 나는 것 같아 미안하고 소중한 마음으로 마셨다. 나무 혈액뿐 아니라 예수님 혈액으로 내가 다시 살아남을 생각을 해보게 되었다. 고로쇠 물을 마시며 죄인인 나를 살리기 위해 혈액을 흘리신 예수님 은혜를 다시 생각해 본다. 오늘 예수님 보혈의 은혜를 묵상해 본다. 제자훈련을 시작하며 정말 훈련을 받을 준비가 되었는지 가끔 의문이 든다. 제자훈련은 너무 받고 싶었고 하나님 나라에 크게 쓰임 받고 싶었다. 스스로 성경 공부하는 스타일이 아니기에 강제성을 띤 훈련을 받고 싶었다. 군대 훈련소에 들어가듯이 입소해서 교회에서 하는 제자훈련에 참석하고 싶었으나 환경이 되지 않아 머뭇머뭇했다. 두 번째 모임까지 고민하다가 어려운 환경을 사실대로 이야기하고 모임에 참석했다. 제자훈련을 다행히 시작할 수 있었다.

하나님은 있는 그대로를 사랑하신다. 누추하고 초라할지라도 하나님은 있는 그대로를 사용하신다. 하나님 사랑은 끝없는 사랑이다. 초라한 모습이건 화려한 모습이건 누추한 모습이건 성공한 모습이건 하나님은 있는 그대로 나를 사랑하신다. 하나님은 죽을 수밖에 없는 죄인과 세상 풍파에 시달려 좌절한 사람을 위해 예수님을 보내셨다. 하나님은 수치스럽고 고개조차 들지 못하는 사람을 위해 예수님 피로 초청하셨다. 하나님은 누추하고 초라한 모습으로 하나님 앞에 서있는 우리를 있는 그대로 사랑하신다. 훈련을 받는 동안 있는 그대로를 사랑하시는 하나님을 체험하게 해 달라고 기도했다. 춘천에는 '있는 그대로' 북 카페가 있다. 자매가 운영하는데 거기서 독서 모임도 하고 글 쓰는 모임도 했다. 퇴근 후 항상 그 자리에 가면 카페 '있는 그대로'가 있어 더 다정스럽다. 하나님은 가면을 사랑하는 것이 아니라 있는 그대로를 사랑하신다. 하나님은 돈이 적거나 몸이 아픈 자를 있는 그대로 사랑하신다. 있는 그대로 하나님 앞에 나아가기를 원한다. 가면 벗고 오로지 하나님만을 바라보며 나아간다.

'하나님 저도 잘 살고 싶었지만 살다 보니 뜻대로 되지 않았습니다.'라고 하나님을 원망한 적이 있다. 그래도 믿음 생활하며 성실하게 살아왔는데 왜 이런 시련을 겪게 하는지 원망했다. 이젠 그 원망을 넘어 체념 단계로 들어왔다. 무장해제 하고 오직 하나님만 바라보며 나아간다. 하나님을 더욱 사랑하는 마음으로 하루를 살아간다. 오늘은 오랜만에 숲에 가보니 숲에 눈은 다 녹고 봄이 오고 있다. 영하 20도의 매서운 추위를 지나며 오지 않을 것만 같았던 봄이 서서히 다가오고 있다. 추위를 이겨내며 이제 봄을 기다린다. 새로운 훈련생 반 친구들을 만나 설렘으로 제자훈련을 받고 있다. 훈련생들 이야기를 들으며 눈물을 많이 흘렸다. 마음속에 말 못 할 고민을 하나님 앞에서 고백한다. 하나님은 마음을 어루만져 주시고 있는 그대로 받아주신다. 가식 없이 있는 그대로 하나님 앞으로 나아간다. 하나님께서 있는 그대로 사랑해 주심에 감사드린다.

미움에 매몰되지 말자

✝

 퇴근 후 매일 카페에 와서 글을 썼다. 미움이 마음속에 커지면 삶의 발목을 잡아 속도가 느려진다. 사울과 다윗은 사소한 문제로 갈등 관계가 되었다. 사울은 '사울은 천천 다윗은 만만'이라는 말 한마디에 분노하게 되고 다윗을 미워하게 된다. 사울은 다윗을 미워하게 되다 보니 본질에 집중하지 못한다. 같이 일하는 사람을 무척 미워한 적이 있었다. 그 사람은 인간적으로 모멸감을 주던 사람이다. 퇴근 후에도 그 사람의 얼굴이 머릿속을 떠나지 않아 삶을 갉아먹었다. 미움이 마음을 지배하자 하나님과 관계도 자연스레 멀어지기 시작했다. 사람을 용서한다는 것은 결코 쉬운 일이 아니다. 정말 어렵다. 하나님께 그 사람을 사랑하지는 못해도 기도할 수 있는 마음을 달라고 구했다. 그 사람을 위해 기도하는 마음이 생기니 시나브로 용서할 수 있는 마음이 생겼다. 그 후에 그 사람에게 의사를 확실히 표현하고 대등한 관계를 유지하며 서로 스트레스를 받지 않는 관계를 만들고자 노력했다. 기도 동역자들과 기도하며 미움이 서서히 누그러져 자유함을 얻었다. 덕분에 다시 평온하게 일상을 살아갈 수 있었다.

　석양 강물을 바라본다. 미움이 사라지니 강물과 석양이 온전하게 보인다. 미움의 불씨가 꺼지지 않으면 세상은 온통 미움으로 가득 차 보인다. 미움은 눈덩이처럼 커져 결국 미움의 노예가 된다. 사울은 아주 단순한 이유로 다윗을 미워한다. 더 큰 사명과 하나님의 뜻을 찾을 수 있었을 텐데 미움에 매몰돼 한 발짝도 앞으로 나가지 못했다. 사울은 주변 사람들까지 힘들게 한다. 미움은 하나님께 토로하고 기도로 바꿔 없애야 한다. 미움이 사라지니 춘천 강가 석양이 아름답다. 강이 많이 있어 강물에 춤추는 햇살들을 자주 본다. 석양은 모든 미움을 품고 산속으로 스며든다. 어느덧 어깨에 어둠이 내려오고 어둠을 맞이하는 강물이 유난히 쓸쓸해 보인다. 삶은 아름다운 마무리가 중요하다. 하루의 끝맺음과 노년이 아름다워야 삶의 여정이 빛난다. 일과가 끝나면 하루 일을 잊고 해가 진 후 어둠처럼 캄캄한 시간이 필요하다. 해가 완전히 떨어져 석양과 이별하다 보니 괜히 눈물이 난다. 이곳에 같이 왔었던 사람을 생각하니 더 외롭다.

　석양도 곁을 떠나고 같이 왔던 사람도 떠났다. 파스텔 처리된 회색 어둠이 찾아온다. 어둠에 하루 동안 미워했던 마음도 다 페이드아웃이 된다. 하나님을 더욱 독대하는 시간으로 나아간다. 미워하는 마음을 해소하려면 하나님 앞으로 나가야 한다. 하나님과 독대하기 전에 먼저 미워하는 마음을 비워야 한다. 그렇지 않으면 미움이 계속 머릿속에 맴돌아 하나님과의 대화에 걸림돌이 된다. 하나님과 원만한 대화를 못 해서 기도도 오래 하지 못하고 분노로 다시 눈을 뜨게 된다. 하나님과 깊게 대화하려면 미움의 가시를 하나님 앞에 내려놓아야 한다. 미움의 가시를 먼저 빼달라고 하나님께 간절히 기도한다. 삶은 갈등의 연속이다. 미워하는 마음을 벗어나려는 용기가 필요하다. 미움을 없애니 물살이 한없이 잔잔하게 춤추는 모습이 보인다. 내려가는 방향과 반대로 물살이 춤을 춘다. 더욱 짙은 어둠이 내린다. 어둠은 내 부족함과 창피함, 약함을 숨길 수 있어 편안하다. 화려한 꽃들도 잠시 어둠 속에서 휴식을 취한다. 어둠은 하나님을 생각하고 묵상하며 하나님 인도하심을 얻는 시간이다. 물론 누군가 카페에 같이 와서 담소를 나눠도 좋겠지만 홀로 와서 글 쓰는 것도 나쁘지 않다. 스스로 위로하는 것이다. 무리 지어 피어있는 꽃도 좋지만 때로는 홀로 의초롭게 피어있는 꽃이 더욱 아름다울 때가 있다.

어둠이 오는 것을 멍하니 한없이 바라보는 시간이 좋다. 석양이 떠나니 강물은 외롭다. 사랑하는 사람도 내 곁을 떠나니 내 마음은 외롭다. 오늘도 일상을 잘 살아냈다고 스스로 등을 다독여 준다. 연한 초록색 잎이 밤새 추위에 잘 견디길 바란다. 석양을 바라본 후 어둠 속 강물을 보니 마음에 있는 미움의 가시도 빠진 듯하다. 사울처럼 미움에 사로잡혀 어리석은 행동은 하지 않는다. 미움을 버릴 수 있는 용기가 필요하다. 강물은 어두워지고 새들 소리도 이제 들리지 않는다. 새도 자러 가고 이제 집으로 휴식하러 간다. 미워하는 마음이 있으면 일을 잘할 수 없다. 마음에 평화가 찾아올 때 일이 잘된다. 강이 보이는 카페는 마음을 평안하게 해준다. 강을 바라보며 평안한 마음으로 하나님을 찬양하며 깊은 어둠 속을 지나 쉼으로 떠난다. 계속 강가에 앉아 한없이 강물을 바라보고 싶다. 강 너머의 집에 불빛이 보이기 시작한다. 가족들이 만나 오붓한 시간을 보내기를 바란다. 하나님께서 이렇게 아름다운 세상을 주신 것을 찬양한다.

예수님과 다시 호흡

✝

학창 시절에는 누구나 한 번쯤 짝사랑을 경험하게 된다. 나이가 들어서도 짝사랑하는 사람들이 있다. 이루어질 수 없는 사랑은 포기하게 되고 잊히기를 원한다. 하지만 머릿속에는 지독하게 그 사람만 계속 떠오른다. 그 사람이 머릿속에서 떠나기를 원해도 쉽사리 떠나지 않는다. 막상 그 사람을 만나면 아무런 말도 하지 않고 눈길도 마주치지 않는다. 다시 헤어지면 마음 졸이고 그 사람이 머릿속에 계속 머무는 것이 짝사랑이다. 내 마음의 평화를 위해 내 곁을 떠나가 달라는 표현은 사랑하고 있다는 다른 표현이다. 이런 사랑을 예수님의 사랑과 비교해 본다. 예수님을 사랑한다고 매번 떠들고 기도하면서 과연 이렇게 가슴 애틋하고 뜨겁게 예수님을 사랑해 본 적이 있는지 되돌아본다. 예수님을 너무 사랑하니 내 곁을 떠나가 달라고 외친 적은 없다. 예수님과의 사랑은 그저 당연히 곁에 있어야 할 존재로 여겨져 애틋함도 없이 무미건조한 틀에 박힌 사랑이었다. 과연 가슴 뛰는 사람을 만나기 10분 전과 같이 마음에 예수님을 사랑하고 있었던 적은 있었는지 생각해 본다. 예수님을 짝사랑하며 가슴 아파해 본 적은 있는지 되돌아본다.

짝사랑 기억이 예수님을 향한 사랑으로 옮겨가고 싶다. 예수님과 사랑을 하고 싶다. 예수님과 카페에 만나기로 해서 약속을 잡는다. 며칠 전부터 옷은 무엇을 입고 가야 할지 고민한다. 더운 여름이니 흰 티에 시원한 청바지를 입고 나간다. 북촌 어느 카페다. 가는 길이 정겹고 한옥들이 다른 때보다 더 아름답게 보이기 시작한다. 지각이 잦았던 내가 약속 시간보다 훨씬 더 일찍 가서 기다리려고 한다. 예수님은 어떤 모습으로 기다리고 계실지 궁금하다. 어떤 옷을 입고 오실지, 머리 모양은 어떨지, 인상은 어떠실지 설렌다. 카페에 거의 다 와간다. 카페에 도착하니 주인 분만 있고 손님은 아무도 없다. 화장실에 가서 다시 한번 얼굴과 옷을 가다듬는다. 거울을 보며 좀 더 키가 크고 잘생겼으면 좋았을 뻔했다고 생각해 본다. 예수님과 만나서 무슨 이야기를 해야 할지 조그마한 노트에 적어본다. 오시는 데 힘들지는 않으셨는지, 옷에 대해서도, 더위에 어떻게 지내시는지 여쭤보고 싶다. 드디어 예수님께서 오셨다. 얼굴은 광채가 빛나시고 선하게 웃는 모습이다. 예수님은 자리에 앉아서 음료는 무엇을 마실 것이냐고 물으신다. 나는 아이스 아메리카노를 시키고 예수님은 따뜻한 차를 시키셨다. 가슴이 터질 것 같고 환희에 가득 찼다.

예수님 인상은 아주 선하게 웃는 얼굴이다. 예수님은 기쁘고 힘든 내 마음을 다 알고 계신다. 차를 마시며 이런저런 이야기꽃이 피어난다. 아무리 좋은 사람과 대화도 시간이 지나면 지루한데 예수님과 대화는 나눌수록 더 은혜가 깊어진다. 대화 가운데 치유와 회복의 과정이 이루어져 간다. 그토록 학창 시절에 짝사랑했던 것보다 예수님을 향한 짝사랑은 더 큰 설렘으로 채워진다. 예수님과 대화는 산소와 같이 삶 속에서 매일 호흡한다. 짝사랑보다 더 귀하고 소중한 예수님과의 사랑을 발견했다. 사람과의 사랑은 금방 지루하다. 예수님과 하는 사랑은 갈수록 애틋해진다. 결혼은 상대방 민낯을 보며 실망하는 과정이어서 사랑의 무덤이 되는 경우가 많다. 그런데 예수님과의 만남은 무덤이 아닌 영원한 사랑으로 이어지는 다리다. 예수님과 깊은 대화를 통해 다시 시작하는 힘을 얻는다. 짝사랑은 미완성이지만 예수님과의 사랑은 완전하여 시간이 갈수록 새롭다. 짝사랑 대신 예수님과 완전한 사랑을 해보고 싶다.

코로나바이러스를 겪으며 호흡이 얼마나 중요한지 깨달았다. 숨이 쉬어지지 않는 고통에 있을 때 그곳이 바로 지옥임을 경험한다. 호흡이 멈췄을 때 숨이 안 쉬어졌을 때 그 고통은 말로 표현할 수가 없다. 여름에 해외 선교 가는 비행기에서 호흡곤란이 와서 상공에서 비행기를 돌릴 뻔했다. 호흡은 생명이다. 생명을 다루는 일은 항상 조심스럽다. 삶 속에서 하나님과 함께 호흡한다. 산소 대신 하나님이 주신 은혜로 호흡하며 살아간다. 하나님이 호흡시켜 주지 않으면 숨을 멈추게 되고 바로 죽게 된다. 호흡은 삶 속에서 고통과 고난 그리고 고역으로 더 가슴 아프기도 하다. 호흡하는 자마다 새로운 생명이 나타나고 다시 시작하는 힘을 갖고 띈다. 불규칙한 호흡이 아닌 일정한 은혜의 호흡으로 숨 쉰다. 다시 시작하며 호흡하며 하나님의 영광을 위해 박차고 나간다. 하나님과 호흡하며 사는 일상은 기적이다. 춘천 강가에 앉아 무던한 하루를 지낸 석양을 한없이 바라본다. 여름 홍수 때 그렇게 무섭던 강물도 잔잔하다. 강물 위에 노을이 빨갛게 장식된다. 저녁이 천천히 문 여는 소리를 들으며 하루 모든 마무리가 하나님 주신 기적임을 생각한다. 사는 것과 호흡하는 것이 늘 기적이다. 오늘 하루 하나님과 호흡하지 못한 적도 있지만 이 시간만큼은 하나님과 깊게 호흡한다. 하나님과 호흡하는 것이 얼마나 중요한지 깨닫다 보니 일상이 기적이다. 부족한 사람인 나를 하나님 자녀로 삼아주신 것에 감사하다. 수많은 일들이 펼쳐지는 정글 같은 세상에서 하나님과 호흡한다. 카톡 단톡방에는 정말로 아프고 수술하는 분들의 긴급한 중보기도가 많이 올라온다. 진심으로 그분들이 하나님과 호흡하며 회복되기를 하나님께 기도드린다. 하나님과 호흡하는 것은 늘 기적이다.

직박구리를 보고 느낀 간절함

✝

매일 아침 이동하는 구름과 이별하며 출근한다. 시골길을 따라오다 보니 모내기가 끝난 논에 다리 긴 새가 먹이를 찾고 있다. 높은 산을 하나 넘어서 시골에서 시골로 출근한다. 도로를 지나며 모두 어제인 것과 다른 하루가 시작된다. 고속도로를 달리면 앞선 풍경을 만나고 다시 이별해서 뒤 풍경으로 기억 속에 잊힌다. 기억도 매일 이별한다. 저장되고 망각하기를 수십 년째 반복하고 있다. 요즘 회사 휴게실에 직박구리 새가 둥지를 틀었다. 알이 세 개였는데 부화해서 새끼들이 입을 벌리고 어미를 기다리고 있다. 커피를 마시러 가면 직박구리 둥지를 만나는 것이 요즘 기쁨이다. 처음에는 세 마리인 줄 알았는데 그 조그마한 둥지에 새끼가 여섯 마리가 있다. 직박구리 가족은 회사 바깥 휴게실 처마에 새끼 여섯 마리를 낳고 산다. 새끼들이 커 나가는 것을 보니 저 새들과도 이별의 순간이 멀지 않은 것 같다. 나이가 들다 보니 이별은 많아지고 만남은 줄어든다. 만남의 기쁨보다 이별의 허전함이 더 커진다. 삶의 현장에서도 항상 천국을 향해 떠나야 할 준비는 하고 있다. 항상 생명력이 있는 새로운 곳으로 떠나는 꿈을 꾼다. 계절 온도와 이동하는 구름도 어제와 사뭇 다르다.

직박구리는 자기 식구들 챙겨서 떠났다. 직박구리는 둥지를 버려둔 채 새끼 여섯 마리를 데리고 떠났다. 직박구리 식구가 많아 쿠팡에서 둥지를 샀는데 아직 배송 중이다. 새들은 주말 동안 이사를 가버렸다. 새로 산 둥지는 어떻게 해야 할지 모르겠다. 예전 둥지 근처에 놓아두었지만 새는 돌아오지 않았다. 직박구리 가족이 떠나니 회사에 이야깃거리가 사라졌다. 직박구리 새는 작았고 소리가 까랑까랑하고 외모도 아름다웠다. 직박구리가 떠나 이별하는 월요일 아침이다. 비가 오니 마음도 허전하다. 눈 마주친 직박구리는 나를 기억할지 모르겠다. 성장하면 떠나는 것이 자연법칙이다. 성장했는데 그곳에 계속 머무르면 둥지가 터지고 실력은 썩어간다. 성장했으면 매몰차게 떠나는 용기도 필요하다. 직박구리는 부화한 후에 정말 부지런히 먹이를 나르더니 새끼들이 쑥쑥 자랐다. 새집 구경하러 갈 때면 어미 새는 밖에서 먹이를 물고 경계하고 있다. 저 멀리 옥상 지붕에서 우리를 경계하며 쳐다보고 있다. 직박구리와 눈을 마주쳤다. 둥지 안에 있는 어미 새 눈과도 아주 가까운 거리에서 눈이 마주친다. 직박구리는 두려워도 알을 부화하기 위해 둥지를 떠나지 않는다. 강한 모성이다. 직박구리는 자기 자식들을 챙기려는 마음이 강하다. 직박구리는 자기 식구들을 챙기고 새끼들을 챙기며 살아간다. 직박구리가 때로는 사람보다 나아 많은 것을 배운다.

새에게서 배운다. 자기 가정 둥지를 지키지 못하는 사람도 많다. 아름다운 가정도 많지만 소중한 것인지도 모른 채 둥지를 다 헤쳐놓아 살 수 없는 가정도 많다. 요즘 사회를 보면 직박구리가 사람보다 낫다고 생각한다. 새들이 다시 오기를 바라는 마음에서 새장을 만들어 갖다 놓았는데 새들이 다 떠나버렸다. 새장을 만들어 놓아도 아직 새가 올 기미가 보이지 않는다. 새알들이 너무 예뻤는데 날아가 버렸다. 떠난 새들이 보고 싶다. 직박구리 새끼들 눈빛을 보고 싶다. 보고 싶어도 이제는 볼 수가 없다. 마음이 너무 안타깝다. 직박구리가 새끼 여섯 마리 중 누구에게 먹이를 주는지 관찰한다. 어미 직박구리는 어느 새끼에게 먹이를 줬는지 기억하지 못하고 입을 가장 크게 벌리는 새끼에게 먹이를 준다. 입을 가장 크게 벌려야 산다. 하나님께 입을 크게 벌려 기도하는 사람과 간절한 사람이 산다. 간절함과 목마름이 있는지 생각해 본다. 가장 목마른 것과 간절한 것 그리고 아픈 것은 하나님이 주신 사명이다. 직박구리의 간절한 입 벌림을 보면서 나의 사명이 무엇인지 생각하게 된다.

나는 너를 애굽 땅에서 인도하여 낸 여호와 네 하나님이니 네 입을 크게 열라 내가 채우리라 하였으나 시 81:10

청계산 기도원을 다녀와서

✝

    토요비전 새벽 기도회 끝난 후 기도원에 간다. 초봄 시골길이 생각난다. 신작로 양옆에는 여린 나뭇잎들이 이제 올라오기 시작한다. 일 년 중 가장 아름다운 시절의 나뭇잎이다. 연한 나무 밑에는 들꽃 같은 노란 유채꽃이 피었다. 연하디연한 봄바람에 흔들리는 모습이 잔잔하다. 논에는 모내기를 준비하기 위해 물을 대놓았다. 나이 드신 분이 삽을 들고 논을 천천히 거닐고 계신다. 이 시기에 들녘은 한산하다. 며칠 후면 개구리가 부르짖는 소리가 밤새 울릴 것이다. 봄에 개구리가 부르짖어 우는 이유는 번식을 위한 행동이라고 한다. 이 시기에 개구리는 짝을 찾아 번식할 준비를 한다. 수컷 개구리는 울음소리를 통해 자신의 존재를 암컷에게 알린다. 다른 수컷과의 영역 경쟁에서 우위를 점하기 위해 울음소리를 사용한다. 개구리 울음소리는 각종에 따라 독특한 패턴과 음조를 가지고 있다. 암컷이 자신과 잘 맞는 짝을 찾는 데 도움을 주기도 한다. 울음소리만으로 짝을 찾는 것이 신기하다. 개구리가 소리로만 짝을 지었는데 살다가 성격 차이는 없는지 모르겠다. 부디 잘 살길 바란다. 개구리 울음소리는 봄철 번식기간에 활발하다.

개구리는 짝을 향해 부르짖고 우리는 하나님을 향해 부르짖는다. 우리 앞에 있는 모든 문제를 놓고 기도한다. 문제의 감옥에서 해방해 달라고 기도한다. 하나님이 주신 꿈을 찾기 위해 기도한다. 목자의 심정을 가진 예수님 제자로 성장하게 해달라고 하나님께 기도한다. 훈련의 첫 기도회여서인지 설렌다. 통기타 메고 경춘선 기차를 타야 할 것 같다. 우리는 모두 교회 오빠이길 소망했었다. 항상 그렇듯이 꿈과 현실은 매우 차이가 났다. 우리를 옆에 두고도 자매들은 교회 오빠들은 다 어디 숨었냐고 아우성쳤었다. 키가 작아 안 보이는 모양이다. 민망하다.

카페에 앉아 믿음의 형제들을 기다리는데 눈에 익은 중년의 아저씨들이 있다. 교회 오빠와는 사뭇 다르다. 이제는 아주 익숙한 풍경이다. 한 집사님께 갱년기 아저씨들 소풍이라고 말했다가 한 소리를 들었다. 지금 거룩한 기도회를 가는데 소풍이 무엇이냐고 한다. 그렇다면 기도하며 소나무 하나 뽑고 올 다짐을 한다. 담소를 나누고 차를 나누어 타고 청계산 기도원으로 갔다. 기도원 방에 앉아 담소를 나눈다. 해외 선교지에서 불렀던 찬양을 다시 불러본다. 13명이 손을 잡고 딱 붙어서 기도하기 좋은 방이다. 목사님께서는 사도행전 말씀을 전하셨다. 베드로가 옥에 갇혔을 때 간절히 하나님께 기도하는 모습이다. 간절한 기도로 인해 베드로는 쇠사슬에서 풀렸다.

이에 베드로는 옥에 갇혔고 교회는 그를 위하여 간절히 하나님께 기

도하더라
                                                                        행 12:5

경제적, 신체적, 관계적 삶의 감옥에 있는 모든 상황이 해방되기를 하나

님께 간절하게 기도한다. 청계산 기도회를 통해 베드로의 쇠사슬이 풀어

진 것처럼 믿음의 형제들의 모든 문제가 이미 풀린 것으로 믿는다. 은혜로

운 기도 시간을 함께함에 감사드린다. 목사님께서 찬양 인도를 하시고 두

손 모아 기도한다. 하나님께 부르짖으며 우리 앞에 있는 모든 문제를 정면

으로 돌파하여 한계를 넘게 해달라고 기도한다. 건강상으로 아픈 분들을

위해 기도한다. 삶의 모든 문제를 모두 주님께 내려놓는다. 하나님께 두

손 들고 기도하며 팔을 들 때는 최대한 크게 손을 든다. 하나님과 조금이

라도 더 가까워지기 위함이다. 하나님이 주신 응답을 받기 위한 간절함이

다. 하나님이 우리에게 주신 비전을 위해 기도한다.

  모두 손을 잡고 기도한다. 손에는 성령의 전류가 흐르기 시작한다. 하늘

에서 내려오는 은혜와 동역자의 전류가 결합해 성령의 뜨거움이 임한다.

마음에 불이 붙는다. 목사님의 뜨거운 인도 하심으로 우리는 예수님 안에

서 하나가 되었다. 찬양을 하도 세게 불렀더니 다음날 집사님들 목소리가

다 허스키해졌다. 방에서 집회 후에 야외로 나가 각자 기도하러 간다. 낮

이 되니 봄볕이 살짝 뜨거워지기 시작한다. 한적한 곳에 자리 잡았다. 기

도하다 보니 하늘에서 무엇인가가 떨어진다. 하나님 은혜가 떨어지면 좋

겠는데 송충이 비슷한 것들이 자꾸 어깨에 내려온다. 꽃 찌꺼기도 내려오고 기도는 계속된다. 송충이도 내려오고 하나님 은혜도 같이 내려온다. 숲 속에서 고요하게 하나님과 독대하는 귀한 시간을 갖는다. 같이 하는 기도와 혼자 하는 기도를 통해 믿음이 뜨거워진다.

다음 날 주일 예배드릴 때 청계산의 뜨거움이 계속 이어졌다. 찬양을 크게 부르게 되고 두 손 들고 팔을 벌릴 때는 최대한 크게 벌린다. 팔은 도마뱀처럼 작게 올리지 않고 팔을 벌린 만큼 하나님께서 은혜 주심을 믿기에 손을 번쩍 든다. 팔을 작게 벌리면 은혜는 작게 주신다. 팔을 크게 벌리면 은혜는 크게 주신다. 팔을 크게 벌려야 받는 은혜는 크다. 이왕 하나님 향해 팔 벌리는 것 크게 벌린다. 팔 벌릴 때 남 시선을 신경 쓰지 않아 예배 시간이 뜨거워짐을 느낀다. 삶의 현장에서 많은 문제 앞에 쓰러지지 않고 믿음으로 닥친 문제들을 잘 헤쳐 나갈 용기를 얻는다. 삶의 현장에서도 이 뜨거움으로 많은 역사를 이뤄내길 소망한다. 청계산 기도회는 삶의 문제를 하나님께 기도하고 서로를 위해 도와주는 기도를 체험하는 소중한 시간이었다. 우리가 청계산에서 기도했던 것은 하나님께서 이미 모두 응답해 주신 것으로 믿고 내려온다. 청계산에서 부른 찬양이 계속 귀에 맴돈다. 하나님의 꿈이 나의 비전이 되고 예수님의 성품이 나의 인격이 되고 성령님의 능력이 나의 능력이 되길 원하고 바라고 기도한다.

연분홍 개복숭아꽃

✝

　퇴근하는데 갑자기 눈이 내린다. 산속을 지나 집 가까이 가니 눈발이 많이 내린다. 산속이다 보니 날씨가 추워 집 근처에 눈이 내린다. 내일 출근을 못 할 것 같아 차를 밑에 두고 걸어서 집까지 올라간다. 머리에 하얀 눈이 앉았다. 거센 눈이 아니라 물기를 살짝 머금은 포근한 눈이다. 눈이 세상의 모든 소음을 빨아들여 주위가 고요하다. 눈 낙하 시간은 한 시간을 넘기지 못한다. 눈송이는 수많은 결속으로 생겨난 가지들 사이에 텅 빈 곳이 있어 가볍다. 눈이 공간으로 소리를 가두어서 주변을 고요하게 만든다. 그래서 눈 오는 날은 무척 고요하다. 가지들이 무한한 방향으로 빛을 반사하기에 어떤 색도 지니지 않고 희게 보인다. 눈은 거룩한 예수님이다. 하늘에서 만나가 내린다. 하늘에서 하나님 은혜가 눈처럼 내린다.

하나님 은혜가 고요하게 내려옵니다.

하나님 은혜가 떨어집니다.

하나님 은혜가 날립니다.

하나님 은혜가 흩뿌려집니다.

하나님 은혜가 내립니다.

하나님 은혜가 퍼붓습니다.

하나님 은혜가 몰아칩니다.

하나님 은혜가 쌓입니다.

하나님 은혜가 상처를 보듬어줍니다.

하나님 은혜가 우리의 모든 죄를 지웁니다.

하나님 은혜가 다시 시작하게 만들어줍니다.

올겨울에 눈을 참 많이 보았다. 며칠 후 새벽에 서울에는 비가 내린다. 와이퍼로 계속 저어도 앞 유리는 계속 눈물을 흘리고 있다. 닦아도 눈물을 계속 흘린다. 새벽에 서울에는 비가 내리고 춘천에 오니 눈이 내린다. 온 세상의 산이 하얗게 펼쳐져 마치 스위스에 온 듯하다. 상고대가 피어 설국으로 변해 나무마다 하얀색 옷을 입었다. 온 세상이 하얗게 되니 마음도 하얗게 된다. 오늘도 바쁜 하루 일상이다. 저녁에 제자훈련 과제가 많아 마음이 분주하다. 먼저 과제를 성실하게 해야겠다. 과제 성공이 제자훈련 성공이다. 과제를 하고 싶어도 작별해야 하는 시간이 오니 즐겁게 과제를 하자. 과제와 작별하기 전에 하나님 말씀과 많은 사랑을 나눠야 한다.

과제는 성장을 위한 모판이다. 과제 없이는 제자훈련을 성공시킬 수 없다. 훈련 과제는 하나님을 더 깊이 알아가는 과정이다. 과제는 예수님의 제자로 성장과 성숙의 열매를 맺기 위한 좋은 도구다. 못하는 과제들도 일부 있을 수 있지만 할 수 있는 것들은 최선을 다한다.

소나무 위에 앉은 눈이 참 아름답고 고고해 보인다. 눈과 소나무가 아름답게 어우러져 거룩해 보인다. 거룩한 삶이란 어떤 것인지 생각한다. 거룩한 삶은 죄 많은 내가 하나님의 은혜로 덮여 내 삶과 어우러지는 것이다. 나는 죄로 인해 죽을 수밖에 없었다. 하나님은 나를 사랑하사 예수님을 보내주셨다. 예수님은 십자가 희생을 통해 나에게 영원한 생명을 주셨다. 천국에 대한 소망도 주셨다. 보잘것없던 내가 하나님 은혜로 다시 태어났으니 거룩하게 살고자 한다. 거룩하게 사는 것은 예수님을 드러내는 삶이다. 예수님을 드러내는 삶을 살아갈 때 삶이 더욱 거룩해진다. 세상과는 다른 선택, 즉 역설을 선택하는 것이 거룩한 삶이다. 오늘보다 내일이 더 거룩해지길 소망해 본다.

아끼는 개복숭아나무가 있다. 키가 아주 작지만 봄에 피는 꽃은 무척 매혹적이다. 여름철이 되면 볼품은 없지만 조그마한 복숭아 열매 맛이 훌륭하다. 추운 겨울이 지나니 땅이 아주 헐거워졌다. 봄의 흙은 봄볕 속에서 부풀어 있으니 헐겁다. 초봄 햇살은 얼음을 녹이고 흙 속으로 스며든다. 얼음이 녹은 자리마다 구멍이 생기며 물기가 흐른다. 물기를 머금고 조그마한 새싹들이 보이기 시작한다. 늦가을에 심어 놓은 마늘이 파란 얼굴을 내밀기 시작한다. 마늘은 죽지 않고 살아있음을 증명한다. 개복숭아나무는 혼자가 아니다. 얼었던 땅과 헐거워진 땅과 끊임없이 연결되었고 바람과도 끊임없이 소통한다. 개복숭아나무는 찬바람과 봄바람과 소통하니 고독감은 없다. 새들도 아주 가끔은 나뭇가지에 앉는다. 개복숭아나무는 주변과 연결되었고 끊임없이 소통한다. 개복숭아나무는 땅이 주는 물을 마시며 다시 꽃 피울 날을 준비하고 있다.

예수님은 나를 혼자 두지 않으셨다. 사람이 최악을 선택하는 것은 혼자라는 고립감 때문이다. 마귀는 고립감을 느끼게 하는 전략을 사용한다. 그렇지만 예수님은 항상 나를 보고 계시며 생명수를 항상 공급하고 계신다. 예수님은 나를 혼자 걷지 않게 만드신다. 개 복숭아가 땅에서 물을 마시는 것과 같이 나는 예수님을 통해 생명수를 마시고 있다. 예수님은 삶에 갈증을 해소해 주신다. 마음이 헐거워져 예수님께 깊이 뿌리내리고 내면에 계속 물을 빨아들인다. 물 댄 동산처럼 내면에 끊임없이 마르지 않은 은혜의 샘을 공급하고 있다. 은혜의 물이 내면에 공급되어 삶에 활기를 얻는다. 내가 선 땅은 거룩한 땅이다. 지금 밟는 모든 땅은 최선의 땅이다. 하나님은 기도와 찬양 그리고 말씀을 통해 거룩한 장소가 된 땅에 끊임없이 영적 에너지를 공급해 주신다. 주님의 임재가 있을 때 삶은 더욱 강력해진다. 주님의 땅에 더 거룩하게 뿌리내릴 때 삶은 거룩해진다. 개복숭아나무는 땅을 찾아 떠돌아다니지 않고 그 땅에 절대 순종한다. 개복숭아나무는 자리를 지키며 묵묵히 꽃과 열매를 맺어갈 준비를 한다. 개 복숭아는 땅의 종이다. 나는 예수님의 종이다. 내가 선 땅은 거룩한 땅으로 예수님 앞에서 신발을 벗는다. 여호수아가 막강한 성 여리고에 가까이 와서 예수님의 예표인 군대 장관을 만난다. 여호수아는 발에서 신을 벗는다. 세상과는 다른 역설을 선택한다. 세상의 방법이 아닌 예수님의 방법을 선택한다. 나도 예수님 앞에 두 팔 들고 항복하여 신발을 벗는다. 예수님께 절대 항복한다. 예수님께 뿌리를 내린다. 그럴 때 내가 싸우는 것이 아니라 예수님이 싸워주신다. 역설적인 전략이다. 예수님이 싸워 최종 승리하게 된다. 작년에 핀 연분홍 복사꽃을 잊을 수가 없다. 한 달 뒤면 개 복숭아에서 피는 꽃을 볼 수 있다. 삶이 예수님으로 인해 연분홍 복사꽃이 피길 바란다. 나의 봄이 연분홍색 꽃으로 채색되어 여름에 열매 맺기를 소망한다.

밥 사는 것은 자아를 깨는 행위

✝

훈련생들과 나눔 리더십을 공부하며 실천해서 적용하는 것을 고민한다. 밥과 커피 사는 횟수를 늘리고 싶다. 선물을 사는 능력을 기르고 싶다. 돈을 어느 곳에 써야 할지 기도한다. 사람을 만났을 때 밥을 자주 사주는 사람이 되고 싶다. 훈련생들의 기도로 말미암아 응답을 많이 받아 훈련생들에게 점심을 사려고 한다. 밥을 자주 사지 않다 보니 타이밍을 놓치기 일쑤였다. 삶에 적용 점을 나누면서 바로 오늘 점심을 사기로 한다. 남에게 밥을 대접받는 것은 기억이 꽤 오래 남는다. 십 년 전에 밥을 사준 사람이 아직도 기억난다. 마음속에 빚진 자 되어 꼭 밥을 사야겠다는 마음을 항상 갖게 된다. 실천은 어렵다. 밥을 사는 행위는 자아를 깨는 행위다. 자기 지갑을 털었을 때 자아는 깨지고 남을 위한 섬김의 사람으로 진전된다. 밥을 얻어먹으면 빚진 마음이고 밥을 사면 풍성한 마음이다. 좋아하는 사람에게 밥을 살 때 마음이 참 평안하고 좋아진다. 밥을 사게 되면 빈 지갑이 더 풍성해짐을 느낀다. 밥을 사는 믿음의 형제들이 더 기뻐하는 모습을 많이 보게 된다. 지갑이 털릴 때 자유함이 있다. 기쁘게 돈을 쓸 때 돈 버는 보람을 느낀다. 밥을 사는 행위는 자아를 깨고 섬김으로 한 발짝 더 나가는 행위다. 밥을 살 수 있을 때 밥을 많이 사고 싶다. 힘든 사람이 있을 때 곁에서 아무 말 없이 밥 한 끼 사주는 사람이 되고 싶다. 나이가 들어서도 누군가에게 따뜻한 밥을 사줄 수 있는 여유와 능력을 잃지 않았으면 좋겠다.

더 나아가 선물하는 능력을 갖추고 싶다. 성공적인 선물을 하려면 상대방을 위한 세심한 관찰과 깊은 묵상이 필요하다. 묵상을 담은 선물은 그 사람을 향한 진심 어린 사랑의 표현이다. 카톡으로 받은 아메리카노 커피 선물은 감사한데 깊은 감동은 없다. 그런 선물을 받으면 빚진 마음에 언젠가 나도 보내줘야겠다는 생각만 든다. 종종 잊어버려 사용하지 않는 경우도 많다. 그런데 꼭 필요한 선물을 준 사람은 꽤 오랫동안 기억에 남는다. 그 사람에 대한 깊은 묵상이 있는 선물은 마음에 꼭 드는 선물이 된다. 선물하는 능력을 달라고 하나님께 기도한다. 적재적소에 꼭 필요한 선물을 하는 능력이 필요하다. 선물을 준비할 때 자기가 할 수 있는 부분에서 돈을 조금 더 많이 쓰는 것이 필요하다. 품질이 좋은 선물을 했을 때 선물의 의미는 퇴색하지 않는다. 적재적소와 적절한 시기에 돈을 쓸 수 있는 지혜와 능력을 달라고 하나님께 기도한다. 돈을 잘 쓰면 하나님께서 물질의 빈자리를 더욱 풍성하게 채워주신다. 돈은 생명이 숨 쉬는 곳에 쓴다. 밥 한번 산 것이 마음에 평안함을 준다. 무엇인가를 이뤘다는 성취감을 준다. 나눔 섬김을 하기 위한 조그마한 틈새를 만드는 것이 밥 사는 것이다. 주위에 힘든 사람이 있다면 말없이 밥 먹는 시간을 자주 갖고 싶다.

밥 사는 행위도 은혜이고 특별새벽기도회에 적극적으로 참여하는 것도 은혜다. 은혜는 동사다. 특별새벽기도회 중에 은혜의 자리에 나가기 위해서는 용기가 필요하다. 은혜는 때로 얼굴에 철판을 깔고 나서는 것이 필요하다. 특별새벽기도회 중 하루는 강단에 올라가기로 결심한다. 정말 부끄럽기도 하고 나서지 말아야 할 자리라고 느껴지기도 한다. 새벽기도를 드리면서 정신이 흐릿한데 과연 세 시간을 강단에서 버틸 수 있을지 의문이다. 약한 허리가 과연 세 시간을 견뎌줄지 걱정이다. 본당 일 층 뒷자리에 천장이 주는 아늑함을 누리며 편안하게 예배드리고 싶은 생각이 계속 든다. 올라간다고 이야기를 꺼내서 약속을 지켜야 한다. 대타를 구하고 싶은 마음이 든다. 하루 전에 양해를 구하는 것도 실례인 것을 알지만 대타 구하고 싶다. 심한 감기라도 걸려서 안 올라가는 경우를 상상해 보지만 감기는 너무 고통스럽다. 은혜를 사모해야 하는데 인간의 시선을 더 의식한다. 이제 마음을 다잡아 사람 대신 하나님만 바라보기로 결단한다. 십자가 바로 밑에서 하나님께 눈물을 쏟는다. 강단 십자가 밑에서 받은 은혜는 배가 된다. 강단 앞 십자가 앞에 앉는다. 세상에서 난 다시 죽고 십자가에서도 다시 죽는다. 그리고 다시 살아난다. 십자가의 죽음을 조금이나마 경험한다. 예수님 피 흘리는 그 바로 강단 십자가 밑에서 나는 죽었음을 고백한다. 하나님이 나를 사랑하사 예수님의 보혈 피로 죄인인 나를 살려주심에 감사드린다. 새로운 생명으로 거듭났다. 더욱 거룩해진 삶을 산다. 내가 전해야 할 것은 십자가다. 십자가는 많은 사람을 다시 살리고 영원한 생명을 주신다. 영생은 죽은 다음 천국뿐 아니라 삶의 현장에서 바로 지금 시작한다. 남들 시선은 신경 쓰지 않고 오직 하나님만 바라보며 나아간다.

신앙생활의 목적은 무엇일까?

✝

신앙생활을 하는 것은 믿음 성장이 목적이다. 주중에 고생했으니, 주일에 몸을 쉬어주면 좋을 텐데 무거운 몸을 이끌고 교회로 간다. 멍한 상태로 예배를 드리고 다시 집으로 온다. 보통 이렇게 신앙생활을 많이 하고 예전에 나도 이렇게 해왔다. 신앙생활의 근본적인 목적은 변화와 복음 전파다. 성경을 많이 아는 것도 지식을 채우고 자기만족을 느끼기 위함이 아니다. 신앙생활의 본질은 개인 성장과 변화 그리고 하나님 말씀을 삶에 적용하고 실천하는 데에 있다. 이러한 실천을 통해 성도는 예수님 제자로서 성장하며 성경 지식만을 목적으로 삼지 않는다. 신앙생활은 성경을 통해 하나님의 말씀을 삶에 적용해서 구체적으로 결단과 적용을 하는 것이다. 이전과 다르게 성장을 하는 것이다.

믿음 생활의 목적에 대해 생각해 본다. 첫째로 우리가 믿음 생활하는 목적은 신앙생활을 통해 성장해서 삶이 변화되는 것이다. 그저 성경 일독하는 것이 목적이 아니다. 주일 예배에 참석하고 찬양 부르는 것이 목적이 아니다. 믿음의 사람들과 교제하는 것이 목적이 아니다. 같은 신앙생활을 하는 사람과 만나 카페에서 차를 마시는 것이 신앙생활의 목적은 아니다. 유튜브에서 좋은 목사님 설교를 쇼핑하며 듣는 자기만족이 신앙생활의 목적이 될 수는 없다. 우리가 신앙생활 하는 이유는 말씀을 통해 우리가 성장하고 삶이 변화되는 것이다. 말씀을 읽었으면 자기 삶에 결단과 적용하는 훈련을 한다. 말씀을 통해 거듭나려는 훈련을 매일 삶에서 적용해서 예수님의 제자로 서서히 성장해 간다. 신앙생활의 목적은 삶이 거룩해지는 것이다. 성장하는 것이고 삶이 변화되는 것이다. 성경 지식을 아는 것이 신앙생활의 목적이 되지는 않는다.

둘째로 믿음 생활하는 근본적인 이유는 복음 전파다. 예수님이 재림하시면 반드시 심판의 때가 온다. 예수님을 입으로 시인하지 않는 가족들과 친구 그리고 동료들은 지옥에 가게 된다. 신앙생활 목적은 그 사람들이 예수님을 믿어 천국에 같이 가는 것이 목적이다. 천국을 매일 꿈꾸며 산다. 천국은 눈물과 상처가 아름다운 별이 되는 곳이다. 천국은 모든 고통과 슬픔이 사라지는 곳이다. 믿는 사람들에게 죽음 이후는 희망과 기쁨의 장소다. 예수님 외에 어떤 사상과 종교 그리고 철학도 죽음 이후에 명확한 답을 주지 못한다. 죽음 이후엔 심판이 있으며 믿지 않는 자는 지옥으로 믿는 자는 천국으로 간다. 단순하다.

믿는 사람들은 죽음 이후에 이곳보다 더 좋은 천국이 있으므로 죽음이 크게 두렵지 않다. 천국을 자랑한다. 그날을 모두 꿈꾼다. 하나님은 죄로 인해 영원히 죽을 수밖에 없는 우리를 사랑하사 독생자 예수님의 십자가 희생을 통해 우리에게 영원한 생명을 주셨다. 우리가 신앙생활을 하는 목적은 예수님 십자가 사랑과 부활을 세상에 전하는 것이다. 죽음에 대한 명확한 답을 주는 것이 복음 전파다. 신앙생활의 목적은 복음 전파다.

풀밭에 풀씨가, 세상에 말씀이

†

풀밭에 풀씨 떨어지는 소리가 들린다. 세상엔 말씀 씨가 떨어지는 소리가 들린다. 가을 햇살이 좋으니 점심 먹은 후 꼭 산책하러 간다. 하루가 다르게 산이 단풍으로 물들어 가고 있다. 은행나무는 도로 위에 질긴 삶의 흔적인 노란 잎들을 토해낸다. 산과 거리에 나무들은 수족 같은 나뭇잎들과 처절한 이별 싸움하고 있다. 나무는 헤어지기 싫어하는 나뭇잎을 바라보며 애잔한 마음을 갖는다. 나무는 긴 겨울 동안 혹독한 고독 시간으로 들어간다. 추운 겨울에 무서운 고독을 깊은 침묵으로 맞이할 준비를 한다. 나무는 항상 이맘때쯤에 떠나보내는 훈련을 한다. 몇 달 동안 같이 살아왔다는 것이 무색할 정도로 나무는 하나도 남김없이 전부 다 떠나보낸다. 나무는 이맘때쯤 너무나도 냉정하다. 너무 차갑다. 나무는 봄에 만났다가 가을에 헤어지는 삶을 무한 반복하고 있다.

풀밭엔 씨 떨어지는 소리가 들린다. 풀씨가 얼마나 많은지 검은색으로 가득 찼다. 내년에 얼마나 풀이 많이 날지 상상이 간다. 잡초의 생명력은 대단하다. 바람 타고 날아가 돌밭 사이나 보도블록 틈새에서 살아난다. 지금 내 모습이 잡초 같은 모습이 아닐지 싶다. 여기저기 흩날려 날아다니며 씨를 뿌리고 있는 단계가 아닌가 싶다. 잡초처럼 여기저기를 기웃거리며 조그마한 흙이 있으면 뿌리를 내리고 죽고 사는 과정을 끊임없이 반복한다. 나무는 봄에 새로운 나뭇잎을 기대하며 고독을 묵묵히 견딘다. 풀씨는 내년에 잡초처럼 풀이 자라는 것을 꿈꾸며 사방으로 씨를 날려 보낸다. 씨앗을 보내는 것은 조그마한 희망이다. 희망이 있기에 그들은 죽어도 죽은 것이 아니다. 잠시 움츠려 있을 뿐이다. 끝나도 끝이 아닌 것처럼 죽어도 죽은 것이 아닌 것처럼 나무와 풀씨는 살아있다. 추운 겨울을 버티고 헐거워진 흙 속에서 다시 생명의 싹을 틔워 새 희망을 노래한다. 풀씨는 추운 겨울에 움츠려 있더라도 죽지 않는다. 누추하더라도 죽은 것이 아니다. 풀씨는 땅이 헐거워졌을 때 다시 찬란하게 꽃을 피운다.

지금은 잡초처럼 살고 싶고 사방에 말씀의 씨를 뿌렸다. 씨앗이 온 세상에 자랐으면 한다. 복음 전파라는 목표를 달리고 있다. 예수님의 제자라는 씨를 세상에 뿌릴 준비 과정에 있다. 스카이다이빙 하기 위해 비행기 난간에 선 기분이다. 이제 뛰어내릴 순간만 남았다. 낙하산이 펴지면 살고 펴지지 않으면 죽는다. 떨리는 심정으로 예수님 제자 되기를 소망한다. 꽃씨가 세상에 날아가 보도블록 위에 민들레처럼 노란 꽃을 피운다. 길 가는 사람은 민들레를 대견해하고 미소 지으며 사진을 찍는다. 나도 길 가는 사람을 잠시 멈춰 세워 잔잔한 미소를 주는 예수님의 제자가 되길 바란다. 제자훈련 퇴고와 예수님 제자 출간이라는 목표를 힘을 다해 뛰어 본다. 끝이 없는 여정이지만 그 여정의 길로 뛰어든다. 지금 추운 겨울에 있더라도 반드시 봄은 다시 오고 새싹은 핀다. 농부를 힘들게 하는 잡초도 자라난다. 잡초처럼 질긴 생명력으로 말씀을 붙들며 삶의 여정을 잘 견뎌내고 싶다.

　말씀 씨를 뿌리는 최종 목적은 하나님 말씀을 깨닫고 실제 삶에 적용하는 것이다. 하나님 뜻에 맞게 삶을 변화시키는 것이다. 말씀 관찰과 해석 그리고 적용을 통해서 예수님 제자가 되는 것이다. 말씀을 실천하는 삶을 통해 일상의 삶이 변화되는 것이다. 말씀을 아는 것을 넘어서 삶에 구체적 열매를 맺어야 한다. 적용은 무척 구체적이어야 한다. 나는 요즘 이웃 사랑하라는 말씀을 실천하기 위해 작은 실천을 하고 있다. 뒤에 오는 사람을 위해 반드시 문을 잡아 준다. 거리가 멀더라도 오랫동안 문을 잡아 주는 친절을 실천한다. 작은 실천을 하니 뒤에 오는 사람이 무척 고마워한다. 한순간이라도 마음이 따스함을 느낄 수 있다. 말씀을 삶 속에서 작은 것부터 실천하는 것은 중요하다. 뿌린 말씀의 씨가 자라 예수님 제자 모습이 된다. 예수님 오시는 날을 고대하며 매일 성장해 나가길 소망한다.

　지금 팍팍한 삶을 이기며 살아가는 것은 그날이 온다는 희망이 있기 때문이다. '그날에' 찬양을 같이 부르며 함께 우는 것은 지금 삶이 녹록지 않기 때문이다. 눈물을 흘리며 천국을 사모한다. 지금 힘듦을 그날을 소망하며 버틴다. 우리가 가야 할 길은 명확하다. 지금은 누추하다 하더라도 그날엔 거룩하게 변한다. 천국에 대해 사모함은 지금 겪는 어려움을 넘어서는 소망이다. 천국을 기대하는 것은 삶을 더욱 가치 있고 풍부하게 만든다. 천국을 상상해 본다. 어릴 적에 어머니는 수돗가에서 빨래하고 계시고 나는 마당이나 밭에서 뛰놀았다. 아지랑이 피는 봄에 어머니가 가까이 있는 것이 너무 행복하고 좋았다. 내 인생 중에서 가장 오래 기억하고픈 순간이다. 안개가 끼어있는데도 눈이 부시게 아름다움은 기억에 선명하게 남아 있다. 마음이 너무나 평화로웠다. 아버지는 참 나를 예뻐해 주셨다. 아버지는 어릴 적부터 어디를 가시든지 나를 항상 데리고 다니셨다. 버스는 아버지와 나, 우리 둘만을 내려놓고 먼지를 날리며 떠났다. 아버지와 나는 버스에서 내려 어느 조용한 시골길을 걸었다. 먼지 날리는 신작로를 걷던 추억은 진한 그리움이다. 미루나무가 파랗게 춤을 추는 그 신작로는 어릴 적 기억 속에만 존재해서 지금은 찾으려 해도 없다. 주변 환경이 너무나 아름다운 신작로에 아버지와 둘이 서 있었다. 아버지와 손잡고 걷던 기억 속 시골길 사진 한 장은 내게 진한 그리움이다. 생각이 그리움을 자꾸 긁으면 굳은살이 박이게 되어 그리움을 잊고 산다. 마음속에는 그리움의 나이테가 하나씩 늘어난다. 어느 장소를 새로 만나면 그리움이 된다. 어느 사람을 만나면 그리움이 된다. 아버지와 함께 간 길은 너무 평화로웠다.

그 평화로운 순간들이 계속 이어지는 것이 천국의 삶이라고 믿는다. 예수님께서 이 세상에 속히 오시거나 내가 천국에 빨리 가기를 소망한다. 천국은 모든 고통이 사라지며 하나님과 예수님을 만나는 곳이다. 주님의 얼굴을 보며 뛰노는 곳이다. 하나님 향한 찬양을 들으며 천국을 사모한다.

천국 소망은 지금 힘든 순간을 이기는 힘이다.

감정은 추억 만드는 연료

✝

감정을 통해 결과를 만든다. 감정은 언제나 변화무쌍하다. 감정이 있을 때 추억을 만들어야 한다. 감정이 사라지면 아무런 의욕이 생기지 않는다. 사랑했던 사람도 감정이 사라지면 아주 싫어지게 된다. 더 좋은 사람이 나타나면 감정은 새로운 사람으로 이동하게 된다. 이전 사람은 이제 잊게 된다. 그래서 감정이 살아 있을 때 그 사람과 많은 추억을 쌓아야 한다. 감정을 통해 결과를 만든다. 감정은 안개와 같다. 감정은 추억을 만들기 위한 연료이다. 연인 사이에도 감정이 좋을 때 여행을 가고 데이트하고 추억을 만든다. 감정이라는 연료를 태워 추억을 만든다. 감정이 없으면 행동이 없다. 어떤 감정이 있는가가 중요하다. 감정은 삶을 역동적으로 만들어준다. 감정은 금방 사그라든다. 결혼한 사람이 계속 처음처럼 좋을 리 없다. 무릎 나온 체육복 바지를 입은 모습을 보면 신비한 감정은 모두 사라진다. 흰옷에 김칫국물 묻은 옷을 그대로 입은 채 생활하다 보면 감정은 눈 녹듯 사라진다. 무감각으로 변해버린다. 그래서 감정이 살아 있을 때 함께하는 많은 시간을 보낸다.

하나님과의 감정도 마찬가지이다. 하나님과 뜨거울 때는 마치 몸에 불이 붙은 듯이 뜨거워진다. 감정이 믿음을 용광로로 만든다. 믿음이 뜨거워 풀무 불에라도 들어가 이겨낼 기세이다. 감정이 좋으면 찬양할 때는 온 팔을 힘껏 하나님을 향해 손을 든다. 다음 날 목이 쉬도록 찬양을 크게 부른다. 하나님과 감정이 좋았을 때이다. 이때가 믿음이 좋다. 성령이 충만하다고 표현한다. 믿음이 좋다는 표현은 하나님과 좋은 감정이라는 말이다. 그런데 하나님과 항상 좋은 감정과 관계를 유지하기는 쉽지 않다. 감정에 능선도 있고 골짜기도 있다. 감정의 골짜기는 삶이 힘들 때 찾아온다. 아프거나 수치스러울 때 그리고 경제적으로 몰락할 때 찾아오기도 한다. 사람한테 배신을 당했을 때도 찾아온다. 삶의 골짜기에서 하나님과 감정이 좋지 않아 하나님을 배신하게 된다. 하나님과 관계가 틀어진다. 한번 틀어진 하나님과의 관계는 회복되기가 쉽지 않다. 다시 정상 궤도로 올라오는데는 주변 사람의 도움이 필요하다. 혹은 자신에게 정말 태풍 같은 고난이 올 때 하나님을 다시 찾게 된다. 일반적인 상황에서는 잘 찾지 못한다.

그렇다면 믿음의 연료인 하나님과의 감정을 좋게 유지하려면 어떻게 해야 하는지 생각해 본다. 믿음의 상승기류를 타는 방법이다. 글로 신앙 기도문을 적어보면 좋겠다. 하나님께 글로 고백하는 시간을 가지면 쉽게 무너지지 않는다. 나 같은 경우에 아침에 일어나 15분 정도는 하나님께 온전히 기도한다. 아침에 일어나 15분 기도 노트를 쓴다. 그냥 기도하면 중언

부언하기에 글로서 기도문을 적어놓는다. 그 글을 지하철을 타고 가다가 다시 한번 읽으며 되새김질해서 스스로 은혜를 받기도 한다. 하루를 잘 살겠다고 다시 한번 다짐하게 된다. 신앙 기도문은 하나님과 좋은 감정을 유지하는 좋은 방법이다.

신앙이 좋은 믿음의 동역자는 있어야 한다. 힘들 때 전화 통화할 수 있는 사람이 있다는 것은 축복이다. 중보기도를 요청할 수 있는 카톡 단톡방이 있으면 축복이다. 그런 사람은 옆에 사람이 버팀목이 되기에 쉽게 하나님과 감정이 틀어지지 않는다. 믿음 온도를 계속 뜨겁게 유지할 수 있다. 믿음 온도가 뜨겁게 유지되고 하나님과 감정이 온전해지려면 사람을 바라보는 따뜻한 목자의 심정을 가져야 한다. 목자의 심정 속에서 다른 사람을 위해 어떤 사명을 갖게 되면 그 사람은 하나님과의 감정이 틀어지지 않는다. 시선을 내가 아닌 남으로 돌릴 때, 사명을 발견할 때 하나님과 감정은 사그라지지 않는다.

어려울 때 자기 자신을 잡아줄 말씀 한 구절이 있다면 하나님과 좋은 관계를 유지할 수 있다. 바닥에 있는 삶일 때 암송했던 단 한마디 말씀은 사람을 살린다. 말씀 씨앗이 마음속에 있냐 없냐에 따라 하나님을 향한 감정은 극과 극이다. 말씀 씨앗이 들어가면 하나님과 좋은 감정을 유지할 수 있다. 감정은 믿음이다. 감정은 하나님을 사랑하기 위한 연료이다. 감정이 뜨거울 때 많은 역사를 이뤄놓아야 한다. 하나님과 좋은 관계에 있을 때 선교도 많이 간다. 말씀도 많이 읽고 기도도 많이 해서 평소보다 더 많이 신앙 자산을 모아놓는다. 믿음이 더 성장하게 되고 조그마한 시련에 흔들리지 않는다. 하나님과 멀어지지 않는다. 감정이 뜨거울 때 지나치다 할 정도로 믿음 생활에 몰입해야 한다. 교회에 너무 미치지 말라는 주변의 말은 신경 쓰지 않는다. 하나님을 향한 방향이 맞으니 결코 후회는 없다. 그냥 밀어붙인다. 정면 돌파한다. 그냥 믿음의 길을 간다. 하나님께서 최종 승리 주심을 믿고 간다. 하나님과 감정을 글로 써놓으면 꽤 오래 은혜가 지속된다.

낮에는 덥고 저녁에는 서늘해지는 봄이다. 초원 위에서 글을 쓴다. 나무는 파랗게 자라고 잔디는 푸른색으로 옷을 입었다. 분수대 물결은 옅은 바람에 살랑이고 풀은 그 바람에 옅게 춤을 춘다. 하나님과 좋은 감정이 되는 저녁이 되길 바라본다. 기도한 것이 모두 응답 되길 소망해 본다. 관계의 문제에 있어서 좋은 관계로 회복되기를 기도해 본다. 관계 개선을 위해 첫 시도를 했다. 좋은 응답이 오기를 기도한다. 요즘에는 아픈 사람들이 너무나 많다. 안타깝다. 환우를 위한 중보기도 요청이 빗발쳐 온다. 중보기도를 간절하게 요청하니 간절하게 기도하게 된다. 손 모아 하는 기도가 모두 응답이 되어 건강한 몸으로 회복되기를 기도드린다. 아프지 않고 이렇게 타이핑을 할 수 있다는 것만으로도 감사하다. 감사는 하나님과 좋은 감정을 유지하는 좋은 도구다. 좋은 감정은 감사다. 비행기는 연료를 태우며 비상한다. 신앙인은 감정의 연료를 태워 믿음으로 하나님 영광을 위해 비상한다. 하나님 영광을 위한 삶을 위해 좋은 감정일 때 많은 일을 한다.

뜨거운 감정의 연료로 힘차게 비상한다. 글을 쓰고 책을 읽는다. 성경을 읽는다. 소중한 시간은 어쩌면 다시는 돌아오지 않을지도 모른다.

교회에서 시행하는 제자훈련은 꼭 받아야 한다. 내일 어떻게 될지도 모른다. 바로 시작해야 한다. 제자훈련을 받아야 고착된 신앙 틀에서 벗어난다. 훈련은 일상의 잘못된 사고를 깨준다. 제자훈련은 신앙의 태풍이다. 태풍은 바닷물을 한번 갈아엎는다. 삶을 한번 갈아엎어야 한다. 갈아엎지 않고 잔물결 앞에 주일에만 교회 왔다 갔다가 하면 결코 아무런 변화도 없다. 훈련받는 교육을 통해 하나님과 더욱 깊이 알아가는 시간이 신앙생활 속에서 한 번은 꼭 있어야 한다. 그렇지 않으면 러닝머신 신앙이다. 전원이 꺼지면 신앙은 다시 그 자리이다. 주일 예배가 감정을 치유하는 시간은 아니다. 제자훈련은 예수님 제자로 성장해 세상에 나가 하나님을 전해야 하는 사명으로 거듭난다. 이단이 모여 공부하는 성경 공부가 아니라 정상적인 교회에서 받는 강한 훈련으로 들어가야 한다. 훈련 속에 자기만의 깨진 틈이 생기기 시작한다. 시멘트 같았던 완고한 마음에 말씀 씨앗이 하나 들어가 민들레가 피기 시작한다. 마음 틈새에 말씀이 떨어지기 시작한다.

깨진 틈이 있어야 틈새로 말씀이 들어온다. 그 틈새 속으로 훈련의 말씀 씨앗과 선교의 감동 그리고 동역자들의 중보기도들이 들어가게 되면 마음 밭이 뒤집히게 된다. 마음 밭을 갈아엎는 것이 제자훈련이다. 말씀이 들어가기 위한 조그마한 틈새를 만드는 과정이 제자훈련이다. 그 틈새에 씨앗이 들어가 꽃을 피우고 열매를 맺게 하는 것이 제자훈련이다. 제자훈련은 천국 가기 전에 반드시 받아야 할 훈련이다. 미루지 말아야 한다. 건강할 때 하루라도 빨리 시작해야 한다. 상당히 훈련이 힘들다. 거의 신병훈련소 화생방 훈련에 들어온 것 같을 때도 있다. 그러나 화생방 훈련장을 나온 후 느껴지는 편안함과 성취감, 그리고 만족감은 표현할 수 없는 기쁨이다. 제자훈련 후 예수님 제자로 새로운 삶을 산다. 하나님과 좋은 감정을 가질 때 많은 일들을 해야 한다. 감정은 하나님 영광을 위한 걸작품을 만드는 데 좋은 연료이다.

사명으로 살기 위한 나의 물맷돌

✝

　수명 아닌 소명으로 산다. 수명을 위해 살면 자기의 건강에만 집중하게 된다. 모든 에너지를 오직 본인 건강에만 집중하게 되어 하나님 사명을 감당하지 못한다. 먹는 것도 건강만 생각하고 수명 연장에만 몰입하게 된다. 수명을 위해 살면 거기까지고 아무런 역사도 이뤄지지 않는다. 사명으로 살면 지치지 않는다. 사명으로 사는 것은 하나님 부르심으로 사는 것이다. 사명으로 살면 지체하지 않고 바로 시작할 수 있다. 사명으로 사는 것은 부르신 목적에 전념하며 살아간다. 하나님이 주신 사명을 발견한 후 하나님께 영광을 돌린다. 사명으로 사는 사람은 개인적인 만족감조차도 크다. 하나님이 주신 가치와 신념에 근거한 삶의 방식이다. 사명으로 살면 오래 살지 않아도 영광스러운 삶을 살게 된다.

　하나님은 우리에게 어떤 하나라도 사명으로 무엇인가를 주셨다. 주신 사명을 잘 깨달아 말씀으로 날카로운 삶을 살아야겠다. 사명을 깨닫는 일로서 기도하며 자신에게 주신 하나님의 뜻을 찾곤 한다. 말씀 속에서 하나님이 주신 사명을 찾기도 한다. 예배를 드리는 중간에 나에 대한 하나님의 부르심을 찾아가기도 한다. 수련회나 집회를 통해서도 하나님의 부르심을 받기도 한다. 연약한 나에게도 하나님이 주신 사명이 무엇인지 묵상해 본다. 글 한 꼭지를 통해 하나님을 믿는 사람이 많게 하는 것이 나의 꿈이다. 글을 통해 용기를 주고 사람을 변화시키는 일을 하고 싶다. 다윗은 자기가 가장 잘 다루는 물맷돌로 골리앗을 넘어트렸다. 나에게 물맷돌은 글 한 꼭지다. 오병이어의 기적을 낳은 것은 보리떡 다섯 개와 물고기 두 마리다. 오병이어의 씨앗이 수많은 사람에게 음식을 제공하고, 남은 조각이 열두 바구니를 채웠다. 나만이 가지고 있는 것을 내놓을 때 미래를 향한 새로운 역사를 쓴다. 마귀는 과거의 발목을 잡지만 성령은 미래를 조망하신다. 과거의 모습은 잊고 미래의 다가올 모습을 그리며 사명으로 살아간다.

글은 길이다. 글은 생명이다. 항상 하나님께 글 쓰는 능력을 달라고 기도한다. 아무리 영상시대라고 하지만 글은 모든 생각의 원천이다. 하나님께서 부족한 나에게 글 쓰는 능력 부어주시어 그 글로 인해 하나님의 영광을 드러나게 해달라고 기도한다. 글을 통해 예수님 사랑을 많이 알리고 싶다. 하나님의 부르심이 무엇인지 항상 생각하며 산다. 그 부르심에 최선을 다하고 살면 세상일도 순탄하게 이뤄간다. 하나님 일을 열심히 하는데 세상일을 소홀히 하는 사람은 없다. 사명으로 살면 세상일도 성과가 잘 나타난다. 사명으로 일하면 세상에서 일하는 태도가 달라진다. 믿음의 태도가 삶의 경쟁력이다. 먼저 그의 나라와 그의 의를 구하는 삶이 되었으면 좋겠다.

그런즉 너희는 먼저 그의 나라와 그의 의를 구하라 그리하면 이 모든
것을 너희에게 더하시리라   마 6:33

예수님은 우선 하나님 나라와 의로움을 추구하라고 말씀하신다. 물질적인 것을 추구하기 이전에 영적인 가치와 하나님의 뜻을 우선시하라고 권면하신다. 신앙생활에서 우선순위를 사명에 둔다. 신앙생활을 미친 듯이 하다 보면 이러다가 사회에서 완전히 소외당하는 것 아닌가 하고 두려움이 몰려올 때가 있다. 돈 벌어야 하는데 이러다가 노후에 거지 되는 것 아닌가 하는 생각도 든다. 돈 들어갈 곳은 많은데 이 귀중한 시간에 부르심의 일을 하는 것이 맞는가 하는 것도 고민된다. 그런데 예수님은 말씀하신다. 하나님의 나라와 의를 먼저 구하라고 말씀하신다. 하나님 부르심을 최우선으로 살라고 말씀하신다. 하나님의 뜻에 순응하는 삶이 진리다. 예수님은 하나님 영광을 위해 살면 나머지는 다 채워주신다고 말씀하신다. 예수님은 먹을 것이나 입는 것보다 사명 추구를 더 중요하게 여기라고 말씀하신다. 하나님의 나라와 의를 우선시하면 일상생활의 필요도 하나님께서 채워주실 것임을 확신한다. 채워주시지 않더라도 주님 한 분만으로 충분히 만족한다. 영적인 목표를 세우고 물질적인 욕구에 앞서 하나님의 뜻을 구하는 삶을 살아야겠다.

하나님의 부르심에 대해 생각하는 밤이다. 나에 대한 하나님 부르심이 무엇인지 어떻게 하면 하나님께 영광을 돌리는 삶을 살 수 있을지 고민하

게 된다. 기도 중에 인도하심을 받아 하나님 영광을 위해 힘차게 뛸 수 있는 사명을 발견하기를 소망한다. 바라옵기는 글 쓰는 능력을 주시어 글 한 구절로 세상을 변화시키는 능력이 있기를 기도한다. 글을 통해 하나님의 진리를 세상에 널리 전하는 역할을 하길 소망한다. 라일락 향기가 짙어지는 계절이다. 쓰는 글들이 짙은 라일락 향기가 스며드는 글이 되면 좋겠다. 수명 아닌 사명으로 살기로 다짐한다.

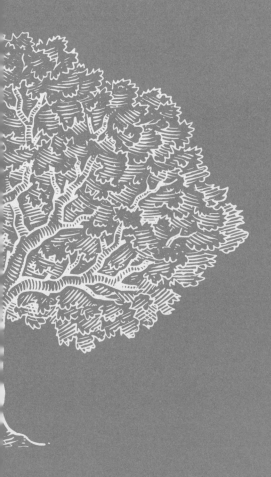

호흡 둘

예배와 기도,
그리고 말씀에서
다시 숨을 찾다

예배는 소풍 가는 길

오늘은 주일이다. 계속 그분 눈빛이 떠올라 가슴이 떨린다. 그분을 한 주 동안 예배 자리에서 보고 싶었다. 일상에서 예수님을 잘 보지 못하고 예배 시간에만 그분을 뵙는 경우가 많다. 일상에서도 예수님을 계속 보고 살았으면 좋겠다. 예수님을 짝사랑한다. 예수님 따스한 손길과 사랑스러운 말투를 듣고 싶다. 예배를 드리기 위해 전철을 타고 가는 시간이 왜 이렇게 더딘지 모르겠다. 사랑하는 사람을 만나러 교회로 간다. 거기에는 항상 그분이 계시니 바람맞을 일이 없어 좋다. 나 혼자만의 짝사랑이 아니라 그분이 나를 기다리고 계시니 만남은 확실하다. 내가 바람을 맞히면 맞혔지, 예수님이 나를 바람맞힌 적은 한 번도 없었다. 도심 빌딩 속에 허파 같은 교회에서 그분을 만난다는 것이 설렌다.

예수님이 어떤 표정을 지을지 어떤 옷을 입고 있을지가 궁금하다. 오늘은 부디 예수님이 밝게 웃는 모습을 보고 싶다. 마음을 알아주시어 같이 눈물을 흘려주시는 예수 그리스도를 만나고 싶다. 공동체에서 밝은 청소년들의 반짝이는 눈빛도 보고 싶다. 오늘은 고등부 학생들과 무릎으로 예배를 드리는 날이다. 예배 가운데 겸손한 마음으로 예수님을 맞는 시간이 되길 소망한다. 무릎 꿇고 예배드릴 때 하나님을 만나 새로운 힘이 되는 시간이 되길 원한다. 고등학생들이 하나님을 만나고 더욱 예수님께 가까이 가는 시간이 되길 소망한다. 예배 후 공과 시간에 아이들 언어로 잘 설명해서 아이들이 좀 더 많은 이야기를 나누는 시간이 되길 바라본다. 예수님을 보러 예배 가는 길은 소풍 가는 것보다 더 즐겁다. 예수님을 만나는 것이 우선이고 공동체 사람들은 나중이다. 예수님을 만나서 내 마음에 있는 것을 있는 그대로 모습으로 예수님께 드러내려고 한다. 예수님은 있는 그대로 모습을 사랑하신다. 예수님과 사랑에 빠지는 시간이 되길 소망한다.

예배를 마치고 돌아왔다. 예수님을 만나고 기쁨으로 노래하며 대화를 나눴다. 공동체 안에 사람들과도 오랜만에 만났다. 만날 때는 행복하고 기쁨이 넘치고 위안이 된다. 예배를 마치고 돌아오는 길에는 허전함이 남는다. 예수님은 어느 곳에나 다 계신다고 하지만 예배 때 만나는 예수님은 좀 다르다. 사랑하는 사람과 이별하는 느낌이다. 고향 집에 부모님을 혼자 남겨두고 도회지로 떠나온 것처럼 마음에 허전함이 있다. 예배는 명절에 고향 집에 방문하는 것과 비슷하다. 예배를 드리러 만나러 갈 때는 설렘으로 가지만 돌아올 때는 허전함으로 돌아온다. 마음속에 말씀과 찬양과 위로를 가득 채우고 오지만 한편으로는 헛헛함이 밀려온다. 예배를 언제 다시 볼 수 있을지 기대하며 아무래도 예배 상사병이 걸렸다. 준비 찬양의 즐거운 기운, 말씀의 은혜, 찬양대의 우렁찬 찬양, 같이 부르는 회중 찬양을 통해서 우리는 공동체 속에서 하나가 된다. 예배를 뒤로하고 전철 타고 집으로 돌아오면 허전함이 밀려온다. 허전함을 다시 말씀으로 채워야 하고 찬양을 부르며 헛헛한 마음을 달랜다. 내년 명절에 부모님을 다시 보는 것을 기약하듯이 한 주간 기다렸다가 다시 예배드리러 가야 하는 오랜 기다림이 있다. 예배 시간에 만난 예수님을 마음속에 그리워하며 다시 한 주간 살아간다.

추석의 긴 연휴에 예배드리러 간다. 그분이 없는 예배는 힘이 없다. 그분이 없는 예배는 설렘이 없다. 그냥 일반 모임일 뿐이다. 예수님을 예배 시간에 만날 때 기쁨이 있다. 새로운 힘을 얻기도 하고 다시 시작하기도 한다. 그분 없는 예배는 지루하다. 예배 시간 자체가 시무룩하다. 예수님을 만나는 예배는 눈빛이 빛난다. 눈에서 레이저가 나간다. 옷도 자기가 가진 최고의 옷을 입고 예배당으로 간다.

닭은 모이를 찾기 위해 흙을 한없이 흩어 놓으니 주위 흙들이 지저분하게 퍼진다. 예배는 흩어진 삶의 잔해들을 다시 정리하는 시간이다. 모이 찾기 위해 분주하게 펼쳐놨던 모든 일들을 정리하고 제 자리로 가져다 놓는 시간이다. 예배는 정신 똑바로 차리고 삶의 흔적을 다시 수습하는 시간이다. 오직 예수님만을 만났을 때 생명을 다시 얻고 새로운 모이를 찾으러 나갈 힘을 얻는다. 예배 시간에 예수님을 못 만날 수도 있다. 오늘 예배 시간에 예수님한테 바람맞지 않도록 일찍 간다. 예배 시작 전부터 찬양을 뜨겁게 부른다. 예수님을 만나러 가는 시간은 설렘으로 가득하다.

공식 예배는 직선, 삶의 예배는 곡선

✝

공식 예배를 통한 말씀으로 삶의 방향을 잡는다. 토요일에 카톡으로 주보가 오면 성경을 미리 예습한다. 배경과 단어 그리고 주석 등을 보아 내용을 어느 정도 파악한다. 성경의 어디쯤 있고 등장인물은 누구인지 확인한다. 하나님이 주신 메시지를 파악한다. 메모 앱에 적고 말씀을 복사해 놓는다. 메모한 내용에 이어서 주일 예배 설교 시간에 듣는 말씀을 실시간으로 적는다. 종이가 아니라 블루투스를 이용한 조그마한 키보드로 스마트폰에 바로 입력한다. 따로 메모 앱에 바로 적으면 옮겨 적는 수고와 잃어버리는 수고는 없다. 빨리 쓰기 때문에 오타가 많은데 본인만 알아볼 수 있으면 된다. 말씀에 문맥의 흐름이 있기에 쉽게 맞춰진다.

공식 예배는 정해진 코스대로 살아가는 직선이다. 어떤 일정한 규칙으로 예배를 드리는데 준비 찬양, 기도, 설교, 축도 순으로 마무리한다. 규칙 가운데 말씀을 통해 삶의 초점을 맞춘다. 예습해 가다 보니 예배 시간에 꿈나라에 가는 일은 적어졌다. 말씀이 좀 더 깊어지고 하나님이 말씀하시고자 하는 의도를 좀 더 파악할 수 있다. 목사님의 설교가 좋다거나 나쁘다는 절대적인 평가를 하지 않는다. 담임 목사님 말씀은 무조건 최고라고 여기고 설교를 듣는다. 목사님 말씀을 평가하는 자세는 본인만 손해다. 전 세계에서 가장 최고 목사님 설교라고 생각하고 듣는다. 유튜브를 보면 정말 좋은 설교는 차고 넘친다. 남의 설교 너무 많이 듣지 않고 교회 담임목사님 말씀을 최우선 순위에 두고 듣는다. 말씀에 대해 깊이 알고 하나님을 진심으로 경외하는 목회자임을 잘 알기에 말씀 그대로 순종한다. 말씀에 확실한 근거가 의한 설교는 색안경 쓰지 않고 있는 그대로 들어 온전히 내 것으로 받아들인다. 은혜가 있는 예배는 말씀이 들리는 예배다. 예배는 하나님께서 나에게 주시고자 하는 메시지를 찾는 시간이다. 부족한 부분은 본인이 말씀을 찾아서 채워가면 된다.

공식 예배 후에 삶의 현장으로 돌아온 삶의 예배는 곡선이다. 삶 속에서 다양한 변수가 등장한다. 아침 기도, 큐티, 성경 읽기, 다락방, 수요 예배 등 시간을 자기 스스로 주관하여 예배를 만들어가야 한다. 확실한 규칙이 없어 이리저리 흔들릴 때가 많다. 삶의 예배를 떠나 아예 다른 곳에 머물기도 한다. 때로는 죄의 유혹에 넘어가기도 한다. 일이 뜻대로 풀리지 않을 때는 스트레스가 극에 달해 자신을 잃어버릴 것 같은 순간도 찾아온다. 삶의 예배는 다양한 변수가 등장하는 곡선 예배다. 약속도 등장하고 가정사와 사건 사고가 발생한다. 정해놓은 예배 시간이 틀어지는 경우가 허다하다. 그럼에도 아침의 기도 시간만큼은 꼭 사수하는 삶의 예배자가 되어야겠다. 비록 삶의 예배가 완벽하지 못하고 때로는 많은 변수와 어려움에서 집중이 흐트러질지라도 꾸준히 삶의 예배를 지속하는 것 자체가 매우 중요하다. 일상에서도 하나님 말씀을 묵상한다. 말씀 가르침을 삶 속에서 실천함으로 말미암아 하나님께 더 가까이 가게 된다. 아침에 일어나기는 하는데 거의 비몽사몽이다. 기도한다고 하는데 어느 때는 졸고 앉아 있다. 멍하니 있다가 보면 순식간에 20여 분이 흘러간다. 삶의 예배는 공식 예배처럼 간절하고 집중적인 예배가 되지 않는다. 삶의 예배도 거룩한 모습을 통해 세상 사람들과는 구별된 사람처럼 살고 싶다.

구별됨은 사람과 격리가 아니라 사람들과 어울림이다. 거룩은 사랑을 실천하는 삶이다. 세상 사람들과 결이 안 맞으니 무척 융화되기가 어렵다. 거룩은 세상이 넘보지 못하는 성층권의 삶이다. 사람들이 우러러보는 모습이다. 예수님의 사랑을 삶 속에서 적용해야 거룩함이 드러난다. 잘 안 된다. 오늘은 안 됐지만 내일은 될 것이라는 희망을 품는다. 공식 예배를 잘 드리는 것을 넘어서 삶의 예배도 성공하기를 소망한다.

가을 빨간 우체통 앞에서

✝

    사랑하는 사람이 생각이 난다. 밤마다 그 사람 생각이 많이 난다. 사랑은 희생하는 것인데 그 사람이라면 희생하고 싶다. 그 사람과 만남은 깊어지지 않는다. 사랑하는 사람의 얼굴이 사무치게 생각난다. 고독해질수록 계속 생각이 난다. 가을이 깊어지다 보니 모닥불을 피우고 생각에 잠긴다. 주워온 잣송이를 태우니 모닥불에 불이 금방 붙는다. 예전에 지인들이 왔을 때 모닥불 못 피워 헤맬 때보다 훨씬 빨리 불이 붙는다. 그때 지인들은 오랫동안 추위에 떨어야 했다. 낮에 잠깐 내린 비에 젖은 장작에서 연기가 난다. 눈이 매워 눈물이 난다. 그 사람을 그리워하며 눈물을 흘리는 것은 아니다. 눈물까지는 나지는 않는다. 그 사람이 보고 싶어서 눈물이 나는 것일지도 모른다. 가까이 갈 수 있기도 하고 쉽게 다가설 수 없기에 애틋해서 눈물이 날 수도 있다. 밖은 고요하다. 세상은 고요하다. 자연은 밤이 되니 나무까지 더 깊은 침묵으로 들어간다. 풀벌레들도 자러 갔는지 침묵한다. 자연과 함께 혼자 있는 고독 시간으로 더 깊게 들어간다. 생각 근육이 단련되었는지 생각에 힘이 생겼다. 생각이 깊어질 때 그 사람 생각이 더욱 간절하게 난다.

나무에 젖은 모닥불에서 연기가 많이 난다. 연기는 앉은 방향으로 계속 따라와 눈물을 흘리게 한다. 눈물은 그 사람 때문에 나오는 것이기도 하다. 모닥불 주위는 칠흑 같은 어둠이 내려온다. 저 멀리 시내 불빛이 선명하게 보이기 시작한다. 그 사람을 정말 좋아하는 것일까를 생각해 본다. 가을이다. 보라색 선명한 국화가 피었다. 낮에는 빨간 우체통 앞에서 서성거렸다. 나뭇잎들이 떨어져 가고 있다. 빨간 우체통 앞에서 오지 않는 편지를 기다린다. 그 사람은 내 주소를 모르니 오지도 않을 편지를 기다리며 우체통 앞에 앉아 있다. 가을 우체통은 빨간색 색상이 더욱 선명하다. 파란 가을 하늘과 대비되어서인지도 모른다. 빨간 우체통이 외로워 보인다. 사랑하는 사람을 기다리는 그리운 편지는 오지 않고 우체통에 고지서만 쌓여간다. 사랑 대신 독촉장이 온다. 빨간 우체통에 있으니 그 사람이 더욱 생각난다. 나뭇잎들도 빨간색으로 변하고 떨어져 흩날리기 시작한다. 나뭇잎은 무덥던 여름을 잘 이겨내고 이제 땅속으로 겨울잠을 자러 간다. 마음도 휑하고 나무도 휑하다. 편지가 올 확률이 전혀 없는 우체통 앞에서 서성이니 그래도 마음은 조금 위로가 된다.

다시 모닥불 앞으로 가서 책을 읽는다. 모닥불도 서서히 힘을 잃어간다. 밖에서 책을 읽다 보니 날씨가 쌀쌀해진다. 저 멀리 시내 불빛이 보이고 세상은 더욱 고요해진다. 혼자만의 생각 속으로 깊이 빠져드는 시간이다.

퇴근하는 아버지를 기다리는 딸과 강아지의 마음같이 우체통은 설렘이다. 우체통이 빨간 이유는 선명하게 보이기 위함이고 신속함을 드러낸다고 한다. 나라마다 색깔이 다르다. 가을 하늘 아래 선명한 빨간 우체통은 그리움이다. 그리움이 사무쳐 우체통이 빨간색 심장으로 되어 버리지 않았나 싶다. 우체통은 빨간 심장이다. 우체통 빨간 심장이 내 심장을 겨눈다. 우체통은 누군가가 보고 싶어 애타는 그리움이다. 마음이 전달되지 못하고 단절될 때 아픔이 몰려온다. 우체통은 사랑, 슬픔, 경제적 고통 등 모든 희로애락을 담는다.

우체통 안에 하나님 사랑이 담겨 있으면 좋겠다. 하나님의 사랑이 차고 넘치는 우체통이 되었으면 좋겠다. 하나님은 우리 마음 우체통에 사랑이 담긴 수많은 편지들을 써서 보내신다. 그런데 바쁘다는 핑계로 당연시하며 열어보지 않는다. 나를 사랑하시는 하나님이 기다려도 안 올 때가 올지도 모른다. 하나님은 내 주소를 잘 알고 계신다. 하나님이 내 마음의 빨간 우체통에 편지를 넣을 때 빨리 읽어봐야겠다. 예수님이 보낸 편지도 받고 싶다. 여기서 내가 그리워하는 분은 사랑하는 예수님이다.

수선화

†

　수선화를 보면 예수님이 생각난다. 노란 수선화를 보니 아름답다. 봄에 피는 수선화는 노랗다. 꽃이 피고 지지만 피어있을 때만큼은 수선화가 참으로 아름답다. 수선화에 상처가 없었으면 좋겠다. 수선화에 상처가 생기면 그 모습이 초라해 보인다. 마음이 아프다. 수선화는 아름다워야 한다. 구름처럼 외롭게 떠돌다 숲속에서 수선화 군락을 보았다. 나무 아래에서 바람에 나부끼며 노란색 꽃잎을 흔들며 미소 짓고 있다. 은하수의 별들처럼 빛나고 반짝이는 푸른 풍경 속에서 노란 수선화가 기쁨에 들떠 있다. 호숫가에도 노란 수선화가 피어있다.

　노란 수선화는 잔잔한 물결 위에 아름다운 자태가 은은히 흔들린다. 소파에 누워 텅 빈 마음에 있을 때 마음의 눈앞에 수선화가 자꾸 등장한다. 길을 걸을 때도 마음속에서 수선화는 함께 춤을 춘다. 수선화는 내가 이렇게 간절하게 쳐다보는 것을 알지 못한다. 마음을 알아주지 못하니 다시 고독한 침묵으로 들어간다. 고독 속에서 주님을 만나는 행복이 있다. 주님과 함께 다시 춤을 춘다. 수선화는 날 외면해도 주님은 나를 붙드신다. 수선화는 다른 곳을 쳐다보아도 주님은 내 눈을 바라보신다. 주님 눈빛이 참 아름답고 참 선하시다. 주님 눈빛만 바라보며 살아가더라도 전혀 외롭지 않다. 진심으로 주님 한 분만으로 충분하다. 노란 수선화 꽃말은 "사랑해 주세요, 내 곁으로 돌아와 주세요."이다. 예수님도 나에게 사랑해 달라고 말씀하신다. 예수님 곁으로 돌아와 달라고 이야기하신다. 우리를 항상 일방적으로 사랑하고 계시는 예수님이 계셔 항상 기쁘다. 이 세상 최고 사랑은 예수님과 사랑에 빠지는 것이다. 세상의 많은 수선화보다 예수님이 가장 귀하다.

저녁을 먹은 후 예수님과 사랑에 빠지기 위해 제자훈련 과제하러 작은 도서관을 향한다. 해가 길어져서 날이 밝고 시원한 바람이 머리를 날리게 한다. 미루나무 푸른 잎들이 서서히 흔들린다. 믿음의 공동체 형제와 통화하다 보니 미루나무는 계속 흔들거리고 어느덧 어둠이 시나브로 찾아온다. 교회 안에 믿음의 공동체가 많으니 중보기도 제목들이 많이 올라온다. 기도 응답도 많았고 현재 진행형인 기도 제목도 있다. 특별히 마음에 와닿는 기도 제목이 있다. 하루 종일 마음에 걸린다. 왜 안 좋은 일들은 한꺼번에 몰려오는 걸까 하는 생각이 들기도 한다. 기도 외에는 정말로 할 수 있는 것들이 없어 답답할 때가 많다. 정말 이 기도가 하나님께 전달될지 하는 의구심이 들 때도 있다.

하나님께 우리들이 하는 기도를 하나님이 듣고 계신지를 묻게 된다. 몇 몇 기도 응답이 된 것이 우연의 일치는 아닌지 정말로 하나님의 섭리로 응답이 된 것인지 묻기도 한다. 중보기도 했던 것이 응답이 되면 기뻐 환호한다. 기도 응답 소식들이 들려오지 않으면 낙심하거나 기도 제목을 잊어버린다. 우리 기도가 막힘이 있어 하나님과 소통이 되지 않는 것은 아닌지 다양한 생각들을 하게 된다. 하나님께 내 마음이 왜 이렇게 아파져 오는지 묻는다. 가까이 있는 사람이 아파하니 마음이 몹시 아프다고 하나님께 토로한다. 육체의 고통은 우리 영혼까지 흔들어 놓는다. 몸이 힘드니 믿음도 힘들다. 건강이 떠나니 말씀도 떠난다. 지인의 아픔을 치료의 하나님께서 깨끗이 치료해 주시기를 간절히 기도한다. 하나님의 놀라운 치유와 기적을 온전히 체험함으로 임마누엘의 하나님이 주신 평화가 오기를 기도한다.

작약꽃 피기 전 봉오리는 작약 꽃 핀 후보다 더 아름답다. 지인이 삶의 상황들로 인해 꽃피지 못하는 것이 안타깝다. 꽃봉오리까지는 맺었는데 비바람과 눈보라가 와서 꽃을 피우지 못하고 있는 모습이다. 지인이 은사가 많은데 어려운 상황들로 인해 잘 활용되지 못하고 있어 안타깝다. 꽃이 피지 못하고 삶에 생채기가 생길까 봐 걱정되고 거룩함에 생채기가 나면 더욱 안타깝다. 여러 상황으로 인해 상처가 남지 않기를 기도한다. 고비가 잘 넘어가고 훗날에 하나님 역사하심을 간증하는 삶의 증인이 되시기를 기도한다. 아픔이 있는 가운데 하나님께 부르짖을 때 하나님은 듣고 계신다. 말씀으로 치유하시어 벼랑 끝에서 건져내 주실 것을 믿는다. 그분의 삶 속에서 꽃피우지 못하고 거룩함에 생채기가 생길까 염려되는 상황들을 주님께 올려드린다. 그분의 마음과 영혼이 상처받지 않고 거룩함이 손상되지 않도록 보호해 주시길 기도한다. 연약한 가운데 하나님의 강함이 있다. 그분이 하나님의 강함을 통해 최종 승리를 경험하길 소망한다. 그분이 겪는 모든 고난과 시험이 결국에는 하나님 증인이 되는 삶이 되길 기도한다.

삶을 키질하면 남는 것은 믿음뿐

✝

키질은 적당하게 불어오는 바람과 키질에 알곡과 쭉정이가 분류된다.
키질을 몇 번 해봤는데 쉽지 않았다. 어렵기는 했지만 적당하게 불어오
는 바람과 반복되는 키질에 알곡과 쭉정이가 분류되는 것이 신기하다. '싸
그락 싸그락' 소리를 내며 쭉정이가 나누어지는 키질 소리는 마치 파도 소
리 같다. 내 삶을 놓고 키질하면 어떤 알곡들이 남을까 생각해 본다. 키질
하다 보면 쓸데 없는 것들과 바람에 날려버려야 할 것들이 사라져 내 삶에
남는 것이 아예 없음을 고백한다. 무슨 영광을 위해 그토록 일벌레처럼 미
친 듯이 일했을까? 무엇을 위해 전 세계 구석까지 돌아다니며 일했을까?
가족들과 소중한 시간도 모두 버린 채 그토록 일해서 남는 것이 무엇인지
생각해 본다. 남는 것은 초라하게 나이 든 모습뿐이다. 나이 들어 키질하
고 나면 남는 것은 허무와 고독 그리고 외로움뿐이다. 바람에 날려버려야
할 쓸데없는 것들만 남은 것 같다. 키질하면 밖으로 떨어질 것만 가득해
아무것도 남지 않음을 되돌아본다. 신앙생활을 하며 삶을 키질했을 때 마

지막에 남는 것은 믿음이 되기를 소망한다. 하나님을 믿는 믿음으로 천국에 대한 소망을 가지며 남은 삶을 허무가 아닌 기쁨으로 살아간다. 바울의 고백처럼 오직 믿음만이 남아 믿음으로 말미암아 살기를 소망한다.

양평에 함박눈이 내린다. 타원의 초가집 카페 지붕에는 하얀 눈 솜들로 덮여 있다. 해 질 녘 굴뚝에서는 평화롭게 연기가 흐른다. 바람은 불지 않고 고요하다. 미세하게 눈 내리는 소리만 들린다. 눈은 무릎까지 쌓여 사람이 지나간 발자국이 일정한 간격만큼 벌어져 있다. 창문 안에서는 젊은 연인이 사랑스러운 모습으로 대화를 나눈다. 따스한 풍경이다. 싸움에 지친 삶 속에서 그 모습을 바라보니 참 부럽고 아름다운 풍경이다. 그들 대화가 궁금하고 어떤 것을 마시고 있는지도 궁금하다. 함박눈 내리는 양평은 따스한 풍경을 가진 곳이다. 초가집 카페는 세상에서 가슴 시린 모습을 조금은 따뜻하게 해주는 곳이다. 지나가며 보는 포근한 카페를 밖에서 한참 지켜본다. 안에 들어가면 이 따스한 감정이 없어지기에 밖에서 그 풍경을 본다. 그 모습을 보면서 천국의 모습을 상상해 본다. 따스한 곳에서 하나님과 마주하며 차를 마시는 것을 꿈꾼다. 예수님과도 따스한 대화를 나누는 것을 생각해 본다. 이 세상 삶이 힘들어도 지금을 버틸 수 있는 것은 천국에 대한 소망이 있기 때문이다. 우리가 눈물을 흘리면서도 이 세상을 이기고 기쁘게 사는 것은 천국에 대한 소망이 있기 때문이다. 비록 아프다고 할지라도 이 이후에는 영원히 아프지 않고 오직 기쁨만 있기에 지금을 담대히 살아간다. 천국에 대한 소망이 있기에 죽음도 크게 두렵지 않다.

여기저기 헤매다 갈 곳이 없어 결국 하나님을 찾는 부끄러운 모습이 있다. 나는 최우선 순위가 하나님이 아니었다고 고백한다. 하나님은 결코 초라한 분이 아니신데도, 우선순위를 맨 나중으로 두는 경우가 많다. 주변 사람 찾아가 조언 다 듣고 결국엔 하나님을 찾는 것은 아닌지를 되돌아본다. 앞으로는 하나님을 최우선으로 두고 살아야겠다. 어떤 일을 결정할 때나 어떤 사람을 만날 때 그리고 새로운 일을 기획할 때 하나님께 먼저 묻는다. 지금까지는 세상 다 돌다가 초라해 보이는 하나님께 마지막으로 문의했다. 이 패턴을 이제는 초기화하고 하나님께 최우선을 두는 삶을 산다. 너무 많은 사람과의 만남은 자제하고 하나님과의 만남을 통해 위로받고 용기 얻고 새 힘을 얻는다. 하나님은 맨 마지막으로 만나야 할 초라한 분이 아니다. 하나님 한 분만으로 만족할 수 있는 삶이 되길 소망한다. 함박눈이 내리는 천국에서 하나님과 따스한 차를 마신다는 소망이 있기에 즐겁다. 나이 들어 허무를 이기는 길은 하나님을 믿는 것이다.

하나님은 우리를 너무 사랑하셔서 하나밖에 없는 아들을 내주었고 우리를 의롭다고 하기 위해 다시 예수님을 살게 하신 분이시다. 하나님은 우리를 너무 사랑하신다. 예수님은 우리의 죄를 위해 십자가에 못 박히셨다. 예수님의 죽음을 통해 모든 죄에 대해 속죄하셨다. 예수님의 부활은 하나님께서 예수님이 의롭다고 인정하셨다. 예수님을 믿는 우리에게도 의로움이 부여된다. 예수님을 믿음으로써 우리는 의로워진다. 예수님을 믿음으로써 우리는 의로운 삶을 살게 되었다. 바울은 믿음을 통해 의로워진 그리스도인들이 하나님과 평화를 누리고 있다고 말한다. 예수님의 중재자적 역할을 통해 하나님과 화평하게 되었다. 우리가 예수님을 믿음으로 하나님의 은혜 안에서 서고 영광을 바라본다. 사는 것이 기쁨이다. 바울은 그리스도인들이 고난도 기뻐할 수 있다고 말한다. 환난이 인내를 낳고, 인내는 연단이 된 인품을 낳고, 연단이 된 인품은 소망을 낳는다. 고난을 견디며 성숙해지는 과정에서 소망이 나온다.

하나님의 사랑을 우리에게 전달하는 성령을 매개체로 흔들리지 않는 소망을 갖게 된다. 하나님의 사랑을 내면적으로 체험하여 신앙의 확신이 생긴다. 예수님이 우리를 위해 돌아가신 것은 인간의 죄성에 대한 하나님의 대응이다. 십자가 초청은 하나님의 조건 없는 사랑과 은혜의 표현이다. 예수님을 믿음으로 말미암아 의로운 삶을 살게 되면 하나님과 올바른 관계를 회복하고 구원을 얻는다. 회복을 통해 삶이 기쁨과 감사로 넘쳐나게 된다.

어차피 한 번뿐인 인생 이것저것 방황하지 말고 예수님과 함께 살기로 결단한다. 이런저런 사상과 이념 그리고 자기 계발을 찾아봐야 남는 것은 허무뿐이다. 다 헛방이다. 시간 낭비하지 말고 그냥 예수님과 함께 죽고 다시 살기로 결단한다. 예수님을 믿음으로 인해 새 생명으로 태어났다. 예수님을 통해 죄와 분리되었고 하나님의 뜻에 살아가기로 마음을 먹는다. 새로운 삶을 살게 되었다. 예수님은 내 삶이 변하기를 원하신다. 그런데 살다 보면 확신이 흔들릴 때가 있고 하나님을 미워할 때가 생긴다. 시험에 들어 신앙의 뿌리 자체가 흔들려 하나님에게서 멀어지기도 한다. 이런 시행착오는 짧은 인생에 시간 낭비다. 영원한 진리인 하나님을 떠나면 안 되며 하나님과 함께해야 한다. 예수님 고귀한 피의 희생과 부활을 통해 죄로부터 해방이 되었다. 죽음은 더 이상 우리들의 삶을 지배하지 않고 있다. 죄의 노예로부터 해방이 되었다. 하나님 은혜로 죄로부터 자유롭게 되었다. 하나님과의 화목한 관계를 통해 생명을 얻었다.

　새 생명을 얻은 나는 하나님의 뜻에 따른 삶을 산다. 단순한 신앙 고백을 넘어서 삶이 변화하길 소망한다. 일상생활에서 구체적인 행동과 태도 변화가 일어난다. 이것이 예수님 고귀한 십자가 피 희생에 대한 최소한의 예의다. 예수 믿기 이전에는 육체의 약함에 따라 죄의 지배를 받으며 불의의 길을 따랐다. 예수님 피로 새 생명을 얻은 나는 의의 종으로서 죄에 대한 복종을 거부하고, 하나님의 뜻에 따라 거룩하게 사는 적극적인 삶을 선택한다. 단순한 내적 변화를 넘어서 삶의 방식이 변화되길 소망한다. 삶의 정체성, 실천적 의로움, 거룩함을 삶에서 나타내야 한다. 단순한 믿음 고백을 넘어서 실질적인 삶이 변해야 한다. 거룩한 삶이란 하나님에 대한 사랑과 이웃에 대한 사랑이다. 거룩은 소외된 사람들에 관한 관심이다. 거룩은 하나님을 최우선으로 두는 삶이다. 거룩은 타인에 대한 배려다. 거룩은 하나님과 더 깊어지는 것이다. 나는 예수님과 함께 죽었고 예수님과 함께 살게 되었다. 일상에서 거룩한 삶을 살기 위해 치열하게 말씀으로 이겨낸다.

하나님과 접붙임

✝

하나님을 믿게 하는 일은 정말 어렵다. 복음은 수능이나 사법시험과 자격증을 따는 일처럼 걸림돌은 없다. 그럼에도 믿지 않는 사람을 교회로 데려와 예수님을 믿게 하기는 정말 어렵다. 왜 이렇게 복음 전파가 어려운지 모르겠다. 그냥 단순하게 누구든지 주님 이름을 부르는 자는 구원을 받는다고 말씀하셨다. 그냥 주님 이름만 부르고 시인만 하면 되는데 이것이 참 어렵다. 죄로 인해 죽을 수밖에 없는 죄인을 십자가 사랑으로 영원한 생명을 준다는 데도 복음 전파는 쉽지 않다. 천국에 대한 확실한 소망을 알지 못하기에 복음이 잘 전해지지 않는다. 성경은 복음 전하는 사람들이 중요하다고 말한다. 좋은 소식을 전하는 자들의 발이 복음 메시지를 전달해야 한다고 말한다. 전도하는 사람이 중요하다. 전도자는 단순히 개인적인 결정으로 활동하는 것이 아니라 하나님의 명령과 지시에 따라 행해야 한다. 복음은 아름답다. 복음은 인간에게 새로운 생명을 얻게 하는 아름답고 가치 있는 일이다.

믿는 사람은 선교적 책임이 있다. 복음을 전하는 것은 예수를 믿는 사람의 사명이다. 복음 전파는 하나님 구원 계획을 세상에 전하는 것이다. 복음이 중요하기에 하나님의 부르심과 보내심이 필요하다. 하나님이 주시는 선교적 책임감이 있어야 한다. 새신자 작성 시간에 새 신자 카드를 무성의하게 적는 것은 하나님의 보내심을 알지 못하는 것이다. 하나님 부르심과 보내심 그리고 선교적 책임이 없다면 복음 전파는 백전백패다. 먼저, 하나님께 선교, 복음 전파에 대한 사명감이 생기도록 기도한다. 하나님 부르심과 보내심의 음성을 먼저 들어야 한다. 영혼을 사랑하는 간절한 마음이 생긴 후, 선교적 책임감을 느끼고 복음을 전파한다. 도살장에 끌려가는 소처럼 억지로 전도하는 것이 아니라, 정말 간절한 마음으로 전도하고 싶다. 전도 시에 담대함으로 수치감과 좌절감을 이겨내야겠다. 하나님은 "종일 손을 펴서" 인내와 구원으로 이스라엘 백성을 초대한다. 하나님은 이스라엘 백성에게 반복적으로 구원의 기회를 제공하고 그들을 부르셨지만, 그들은 이에 응하지 않았다. 그런데도 복음 전파는 멈출 수 없다. 좋은 소식을 전하는 자들의 발이 되어야겠다.

어릴 적 단감나무에 돌감나무를 접붙인 적이 있다. 몇 년이 지난 후 돌감나무는 원가지에 붙어서 무럭무럭 잘 성장했다. 그 감은 여전히 달지 않은 돌감나무의 열매였다. 영양분은 공급받되 자기 고유의 색깔로 살고 있었다. 감람나무에 돌감람나무의 꺾인 가지가 접붙임을 하면 영양분을 동시에 빨아들인다.

복음 전파는 접붙임이다. 뿌리와 진액을 함께 공유하며 하나님 유산을 공유하게 된다. 믿는 사람과 믿지 않는 사람 사이의 영적 연결과 그리스도 안에서의 연합이다. 접붙임을 통해서 믿지 않는 자들이 하나님 영적 세계에 참여하게 되며 하나님의 구원 계획에 포함된다. 믿지 않은 사람들까지 품은 나무는 더 풍성해지고 많은 열매를 맺는다. 좋은 영양분을 새로 접붙인 가지에 공급하려면 뿌리가 건강해야 한다. 전도한 사람의 신앙이 건강하고 영적으로 생명력이 있어야 한다. 경건함과 사랑을 끊임없이 모든 가지로 흘려보내야 한다. 우리가 한 몸에 많은 지체를 가졌듯이, 모든 지체가 같은 기능을 하는 것은 아니다. 공동체의 구성원 각각이 다른 역할과 기능이 있다. 각 구성원이 서로 다른 재능과 은사를 가지고 있으며 하나님의 영광을 위해 모두 함께 일한다. 서로 다른 속성을 가진 단감나무와 돌감나무가 서로 연합하듯이 각 구성원이 연합해서 아름다운 공동체를 만들어 간다. 상호 연결되어 서로 의존한다. 개인적인 재능과 은사가 공동체 전체에 유익을 준다.

있는 그대로 로마서 쓰기

✝

거룩한 척, 화려한 옷을 입고, 세상 행복한 마음으로 위장하고 예배를 드릴 때가 있다. 예배를 있는 그대로 드릴 때 하나님과 더 깊은 교제를 한다. 딱딱한 마음과 다듬어진 마음이 아니라 있는 그 마음 그 자체로 예배에 나갈 때 하나님은 새로운 위로를 주신다. 울고 싶을 때, 슬픔이 넘쳐 눈에 눈물이 글썽거릴 때, 상실의 아픔이 있을 때 있는 그대로 마음을 갖고 나간다. 예배 시간에 좋아하는 사람이 있어 사람한테 한눈팔면 그 믿음은 변질이 된다. 예배할 때 갈급한 심정으로 하나님을 맨 먼저 찾는다. 하나님을 찾으며 깨진 마음을 갖고 먼저 하나님께 통곡한다. 하나님께 울부짖는다.

예배는 사람이 아닌 맨 먼저 하나님을 찾는 시간이다. 하나님은 깨진 마음에 은혜를 부어주사 위로의 은혜를 주신다. 하나님은 마음을 지켜주시어 변하지 않는 환경에서도 다시 시작할 힘을 주신다. 맨 먼저 하나님 앞에 나아가면 눈물이 쏟아진다.

> 그러므로 피곤한 손과 연약한 무릎을 일으켜 세우고 너희 발을 위하
> 여 곧은 길을 만들어 저는 다리로 하여금 어그러지지 않고 고침을 받
> 게 하라
>
> 히 12:12–13

팍팍한 다리를 잠시 교회 의자에 의지한 채 하나님을 찾는다. 하나님이 위로의 음성을 주실 때 피곤한 손과 연약한 무릎을 일으켜 세우고 다시 시작한다. 절룩거리는 다리를 이끌고 다시 일어나 하나님의 영광을 위해 힘차게 뛴다. 예배 시간은 사람을 찾는 것이 아니다. 예배는 있는 그대로 모습으로 맨 먼저 하나님을 찾는 시간이다.

예배는 모난 보석 같은 마음을 찬란하게 빛나는 보석 같은 마음으로 만드는 시간이다. 환경은 변하지 않더라도 다시 시작할 힘을 얻는 것이 진정한 예배다. 마음에 흠모하는 사람이 있더라도 그 사람을 넘어서 맨 먼저 하나님을 찾는 예배만이 가장 소중하다. 사람이 아닌 하나님을 찾는 것이 중요하며 이러한 태도가 진정한 예배다. 예배는 형식적인 것이 아니라 진실한 마음으로 하나님을 찾는 것이다. 하나님과 인격적인 만남을 통해 힘을 얻고 다시 시작한다. 예배를 통해 마음이 치유되고 하나님의 은혜로 다시 일어날 힘을 얻는다.

아는 집사님에게 로마서 쓰는 조그마한 책자를 받았다. 로마서를 손수 자필로 직접 옮겨 적는 것이다. 주신 책자가 소중하기에 바로 쓰지 않고 로마서를 읽었다. 이해가 가지 않는 부분들은 주석을 찾아가며 이해했다.

로마서 한 번을 읽은 후 책자에 손수 자필로 로마서를 옮겨 적기 시작했다. 사도 바울의 복음 전파를 위한 간절함이 더 피부로 느껴지게 된다. 사도 바울의 하나님을 사랑하는 마음과 예수님 희생과 부활을 전하려는 마음이 느껴진다. 로마서를 읽으면서 내가 지금 이곳에 사는 이유는 복음 전파라는 믿음이 생기기 시작한다. 이곳에서 글쓰기 모임을 만든다. 독서 모임을 만들어 신앙 서적을 두 달에 한 번 정도 읽는 시간을 갖는다. 글쓰기는 자유 주제이지만 하나님을 찬양하는 글을 써서 나눌 때 하나님을 자연스럽게 전할 수 있다. 로마서를 필사하며 복음 전파에 대한 마음이 다시 불붙기 시작했다. 내가 지금 이곳에 있는 이유는 복음 전파 때문이다. 세상은 복음을 전파할 수 있는 보물섬이다. 이번 휴가 기간에 로마서 필사를 한 것은 그나마 스스로 잘했다는 위안을 준다. 다시 한번 로마서를 읽는 시간을 가져야겠다. 로마서를 매일 읽어 삶의 가치가 변했으면 좋겠다. 삶의 이유가 복음 전파라는 사명을 선명하게 다시 깨닫는 계기가 되었으면 좋겠다. 로마서에 나오는 '말미암아 은혜'를 적어본다.

죄인인 내가
예수님으로 말미암아
하나님 은혜로 말미암아
믿음으로 말미암아

하나님의 의로 말미암아

속량으로 말미암아

어느 누구든 믿음으로 말미암아

성령으로 말미암아

예수님의 죽으심으로 말미암아

의로운 행위로 말미암아

예수 그리스도로 말미암아 영생에 이르고

아버지의 영광으로 말미암아

그리스도의 몸으로 말미암아

영은 의로 말미암아 살고

복음으로 말미암아

주신 은사로 말미암아

긍휼하심으로 말미암아

예수와 성령의 사랑으로 말미암아

의인이 되었습니다.

여기서 의인은 하나님과의 관계가 완전히 회복된 상태다. 나는 죄인인데 예수님으로 말미암아 의인이 되었다. 잡석이었는데 예수님으로 말미암아 보석이 되었다. 하나님 사랑으로 말미암아 온전한 사람으로 성장해 가고 있다. 하나님 사랑의 은혜로 말미암아 기쁨의 삶을 살아간다. 하나님 앞에서는 모든 인간이 평등하며 예수 그리스도를 통한 구원의 길도 모두에게 열려있다. 하나님의 의는 인간의 노력이나 자격에 의존하지 않고 오직 예수 그리스도에 대한 믿음으로만 구원에 이를 수 있다. 예수 그리스도가 십자가에서 죽음을 맞이함으로써 인류의 죄를 대신 갚았다. 인간이 자신의 행위나 노력으로 구원을 얻는 것이 아니라 오직 하나님의 은혜로 인해 무료로 의로워짐을 받았다. 구원이라는 선물을 통해 인간은 자신의 죄로부터 자유롭게 됨과 동시에 하나님과 올바른 관계를 회복할 수 있다. 오직 예수님을 믿는 것만이 하나님과의 화평한 관계로 나아갈 수 있다. 예수 그리스도를 통해 하나님 은혜 상태로 들어가게 된다. 은혜는 하나님이 주신 구원의 선물이다. 하나님께 영광을 돌리는 삶을 산다. 하나님 지혜를 인정해 하나님께 전적으로 의탁하는 삶을 산다. 삶의 해답은 하나님께 있다.

예배 잘 드리는 방법

✝

은혜롭게 예배를 준비하고자 하는 마음에서 예배를 잘 드리는 방법에 대해 몇 가지 생각을 적어본다. 예배는 하나님께 드리는 동시에 말씀을 받는 자리다. 기도 역시 우리가 요청하고 그분의 응답을 기다리는 인격적인 만남이다. 하나님을 경외하는 마음으로 예배를 드릴 때 어떤 자세가 필요한지 고민해 본다. 각자 예배 방식은 다를 수 있지만 이러한 방법들도 시도해 볼 만하다고 생각한다. 내가 생각하는 하나님을 향한 예배를 잘 드리는 다섯 가지 방법이다.

첫째, 단정한 옷을 입는다. 결혼식에 갈 때 깔끔하고 단정한 옷을 입고 가는 것처럼, 예배드릴 때도 단정한 복장으로 준비한다. 비싼 옷이나 화려한 옷을 입으라는 것이 아니다. 깔끔하고 단정한 복장으로 하나님께 예배드리는 태도를 갖추자는 의미다. 지나치게 사치스러운 옷차림은 오히려 하나님께 대한 예배의 마음을 분산시킬 수 있다. 정갈한 복장은 단순히 몸을 맵시 있게 하고 하나님을 향한 존중과 예의를 표현한다. 내가 하나님을 존중하면 하나님도 나를 존중해 주시며 말씀으로 힘을 주신다. 이번 주일에 화려한 옷을 입으신 나이 드신 여성분을 보았다. 마치 작고하신 앙드레 김을 떠올리게 할 만큼 화려했는데 화려함이 거부감으로 다가왔다. 지나치게 사치스러운 복장은 하나님께도 부담이 될 수 있다. 예배 복장은 수수하게 입되 단정하게 입는 편이 좋다. 옷을 단정하게 입고 예배드릴 때 하나님께 은혜와 힘을 받을 가능성이 높다.

둘째, 하나님의 말씀을 신뢰한다. 예배 중에 선포되는 말씀은 담임 목사님을 통해 전해진다. 목사님이 선포한 말씀을 하나님 말씀으로 알고 그대로 신뢰한다. 다른 목사님 설교와 비교하기보다는 하나님께서 우리 교회와 공동체에 주시는 말씀으로 믿고 집중하는 것이 필요하다. 설교를 들으며 "말씀이 왜 은혜가 안될까?"라고 의심하면 그 순간 예배 은혜는 반감된다. 성경 말씀에 근거한 메시지라면 큰 틀에서 벗어나지 않기에 말씀을 신뢰하고 온전히 받아들이는 자세를 가져야 은혜가 된다. 다른 교회 목사님을 생각하거나 비교하지 말고 지금 선포하시는 목사님의 말씀을 집중한다. 말씀 속에서 예배의 주인이신 예수님을 만난다.

셋째, 예배 전 미리 성경 본문을 예습한다. 보통 주보는 토요일 저녁에 공유된다. 하루 전 주일에 선포될 말씀 본문을 미리 읽어볼 수 있다. 성경 본문을 약 20분 정도 읽으며 앞뒤 문맥을 이해한다. 내용을 미리 파악하면 예배 중 말씀이 더욱 깊이 마음에 새겨진다. 말씀이 더욱 생생하고 입체적으로 들린다. 성경 주석을 활용하는 것이 가장 좋지만, 시간이 부족하거나 주석이 부담스럽다면 인공지능을 활용하는 것도 좋은 방법이다. 검색을 통해 본문 설명을 간단히 참고하면 말씀 이해에 큰 도움이 된다.

넷째, 예배 시간에 하나님께 불만을 늘어놓지 않는다. 물론 억울하거나 답답한 마음을 하나님께 표현해야 할 때도 있다. 그럴 때 하나님은 마음을 위로해 주신다. 때로는 기도 중에 우리 마음을 다 털어놓으며 하나님께 나아가는 것이 필요한 순간도 있다. 그러나 하나님은 인격적인 분이시므로 지나친 불평과 원망은 하나님을 슬프게 할 수 있다. 성경 말라기서에서는 불평하는 이스라엘 백성을 책망하신 하나님을 볼 수 있다. 하나님을 원망하고 싶을 때가 많지만 고난에 담긴 하나님의 깊은 뜻을 믿음으로 받아들인다. 예배는 내 상황을 주신 하나님의 마음을 알아가는 시간이다.

다섯째, 설교를 요약하여 삶에 적용한다. 예배 중 받은 말씀을 돌아보며 삶에 적용 점을 찾아본다. 설교를 들은 후 한 주 동안 삶에서 한 가지라도 말씀을 실천하며 열매를 맺는다. 말씀을 추상에서 구체적으로 전환하여 삶에 적용한다. 설교 시간에 받은 말씀 중 하나라도 구체적인 행동으로 실천하려는 노력이 필요하다. 행동 리스트를 추출해서 실천 항목을 찾아낸다. 말씀으로 살아내려는 처절한 싸움이 있어야 성장한다. 예배 결실은 말씀을 삶에 적용할 때 더 풍성하게 드러난다. 하나님 앞에 간절한 마음으로 예배를 준비하여 하나님과 교제가 더욱 깊어지길 소망한다.

교회의 존재 이유는 평신도를 깨우는 것

✝

    교회의 핵심은 예배와 복음 그리고 교육이다. 교회의 존재 이유에 대한 글을 읽으며 기존에 생각했던 것과 많이 다르다는 것을 느낀다. 예배 인도는 반드시 목회자만 한다고 생각했는데 훈련받은 평신도도 예배 인도를 할 수 있다는 것이 새롭다. 다락방 나눔도 예배고 삶을 나누는 것도 예배다. 작은 모임에서 말씀을 나누는 것도 예배다. 조그마한 교회에서는 평신도가 모여 성경 공부하는 것을 탐탁지 않게 생각한다. 이단에 빠진다고 걱정해서다. 말씀 공부 모임들이 없기에 말씀을 주일에만 듣는 경우가 많다. 젊은이들이 교회에서 사라지는 이유는 말씀이 고갈되었기 때문이라고 생각한다. 젊은이들이 교회에 돌아오게 하려면 말씀 공부가 살아야 한다. 성경 공부 소모임이 활성화되어야 한다. 말씀 운동이 불길처럼 퍼져야 한다. 설사 말씀을 조금 잘못 전하더라도 잘 아는 사람이 교정해 주면 된다. 말씀 틀리게 전할까 봐 소심하게 아무것도 하지 않으면 말씀을 세상에 전파하는 것이 더욱 위축된다. 누군가가 말씀을 쉽게 전하는 은사가 있다면 유튜브에서 강연을 해주면 좋겠다. 말씀을 어렵게 설명하면 지레 겁먹고 말씀을 멀리한다. 말씀을 어렵게 전하지 않고 초등학생도 쉽게 알게 해서 말씀의 홀씨들이 전 세계에 퍼져야 한다. 어려운 말씀은 호두 껍데기처럼 딱딱하다. 딱딱해서 땅에 뿌려도 씨앗이 자라지 않는다.

말씀을 좀 쉽게 접할 수 있는 시스템이 나왔으면 좋겠다. 어설프게 말씀을 전하더라도 아예 시도조차 안 하는 것보다 낫다. 한글만 알고 들을 수 있는 능력만 있으면 성경을 쉽게 접하는 기회들이 많았으면 좋겠다. 성경 일독할 때 성경 이야기를 대충이라도 알아야 어떤 내용인지 감이라도 잡는다. 그냥 무작정 성경 일독을 하면 천 번 읽어도 아무 의미가 없다. 검은색은 글씨고 하얀색은 성경 종이로 읽은 것은 시간 낭비다. 매년 성경 읽기 표를 표시하며 스스로 위안만 얻는다. 천국 갈 때까지 매년 반복해도 의미 없는 행위다. 성경 인물이 구약의 어느 시대쯤인지는 알아야 한다. 그런데 주일 설교 세네 단락만 가지고 마음의 위로는 되겠지만 하나님이 주시는 맥락을 이해하지 못하기에 한계가 있다. 성경을 쉽게 설명해 주는 시스템을 만들면 좋겠다. 설교는 누구나 이해하기 쉽게 전해주시면 참 좋겠다. 쉽게 안 다음에 성충권의 고차원적인 신앙으로 발전하는 발판이 되었으면 좋겠다.

생성형 인공지능으로 인해 지식의 경계가 허물어졌다. 지식의 평등화가 현실화 되었다. 성경 지식도 인공지능으로 인해 평준화가 되어간다. 말씀은 기본적인 지식은 이제 찾기만 하면 쉽게 찾아진다. 예전처럼 진입 장벽이 높지 않다. 기본 맥락을 안 후에 성령이 주시는 관점을 통해 하나님의 말씀을 통찰력 있게 파악하는 데까지 갈 수 있다. 하나님 말씀이 평준화 이후에 더 말씀 속으로 깊어질 기회가 생겨나고 있다. 말씀이 올바로 가고 있는지 판단해 주는 지도자만 있으면 된다. 신앙의 길을 잘못 가고 있다면 점검해 줄 믿음의 공동체가 중요하다. 서로 말씀이 올바른 방향으로 교육받음을 통해 신앙의 상승기류가 형성된다. 하나님 말씀의 확장이 일어난다. 올바른 말씀 속으로 깊이 빠져드는 은혜가 있으면 좋겠다.

교회가 체계적인 훈련 시스템이 있으면 좋다. 2년을 꾸준하게 훈련하는 교회는 많이 보지 못했다. 2년간 제자훈련을 받는 것은 엄청난 축복이다. 평신도가 깨어나는 길이다. 강도 높은 신앙 훈련을 받지 않으면 천국 갈 때까지 성경 흐름도 모르고 간다. 천국에 가서 성경 인물들을 만났을 때 어느 시대 사람인지 헷갈린다. 체계적인 말씀 훈련을 통해 왕 같은 제사장으로 거듭나야 한다. 예수님 제자는 교회에서뿐만 아니라 삶의 현장에서도 예배자로 거듭나야 한다. 교회와 삶이 분리되어서는 안 된다. 교회 생활과 삶이 일치되어야 한다. 복음 전파와 이웃을 위한 봉사와 사랑이 실천되어야 한다. 훈련된 평신도들이 들불처럼 일어나야 한다. 교회는 훈련 프로그램을 만들고 성도는 훈련을 통해 신앙이 성숙해져야 한다.

말씀의 기초 없는 신앙은 평생 다녀도 신앙의 수박 겉핥기식이다. 고난이 오면 신앙이 송두리째 뽑힌다. 신앙이 말라 죽는다. 그냥 마음의 단순한 위안만 있을 뿐이다. 하나님 말씀은 심리학이 아니라 진리다. 성경은 자기계발서가 아니다. 하나님 말씀은 정신과 치료 약을 훨씬 넘어선다. 말씀이 모든 문제 해결의 정답이다. 말씀을 잘 가르치는 훈련을 통해 신앙인은 성장한다. 성숙한 신앙에 이르기까지 훈련하는 교회가 좋은 교회다. 주일 말씀 하나 듣고는 절대 성숙해질 수 없다. 훈련의 과정을 거쳐 말씀을 들을 때 더 큰 신앙의 거목이 된다.

기도의 하루살이

✝

은혜는 금방 소멸이 된다. 매일 내리는 만나처럼 은혜는 매일 받는다. 특정한 시간에 기도와 찬양 그리고 말씀을 통해 은혜를 공급받는다. 은혜의 하루살이다. 기도는 영원으로 향하는 문을 여는 열쇠다. 일정 시간 기도는 하나님과 깊은 연결고리를 만든다. 은혜 하루살이 기도가 비록 짧을지라도 그 기도 시간은 신앙을 굳건히 한다. 기도는 영혼을 끊임없이 새롭게한다. 매일 아침 기도는 하나님께 우리 마음을 여는 시간이다. 두려움과희망 그리고 감사와 염려를 털어놓는 시간이다. 하루살이 삶이 가지는 불확실성과 번민 속에서 기도를 통해 하나님의 사랑과 위로를 찾는다. 기도안에서 새로운 힘을 얻고 매 순간을 하나님과 동행하는 삶으로 거듭난다.

하나님 은혜가 기도를 통해 임한다. 고통, 슬픔, 기쁨, 환희의 마음이 하나님 마음에 새겨진다. 기도하는 동안 하나님 사랑과 섭리 안에서 중요한존재로 거듭난다. 나의 조각 기도는 하루살이의 은혜다. 매일 만나처럼 공급받는다. 하루살이 기도는 하나님 영원한 사랑 속으로 스며들게 하는 끊임없는 대화의 창구다. 매일 하루살이 기도를 통해 하나님과의 소통을 지속하며 신앙을 하루하루 쌓아 올린다. 하루살이의 삶 속에서도 기도는 영원을 향한 발걸음을 견고히 한다. 하루살이 기도가 쌓여 예수님을 닮아가는 인격적인 성장이 이뤄진다. 매일을 살아가면서 하루의 일정 시간을 주님과 독대하는 시간을 갖기로 마음을 먹는다. 아침에 일어나서 바로 기도를 드린다. 하나님께 나를 불쌍히 여겨 달라고 기도드린다. 어떤 사람은 무릎을 꿇고 기도하기도 하고 글로 쓰며 기도하기도 한다. 세수하거나 지하철 타거나 걸을 때와 같이 자투리 시간을 이용해 하나님께 기도하는 것은 필요하다. 하지만 하루 24시간 중의 몇 분을 온전히 하나님께 기도하는 습관이 필요하다. 하나님은 거지가 아니다. 자투리 시간보다 온전한 시간을 헌신해서 기도하는 것을 좋아하신다. 하루 중 10~30분을 온전히 하나님만 생각하는 시간으로 갖는다. 바쁜 일상에 하나님과 독대를 위한 온전한 시간을 내기는 어렵다. 귀하게 낸 시간을 통해 하나님과 더 깊은 교제를 나누게 된다.

일상적인 기도를 넘어 특별한 기도 제목이 있을 때 더 시간을 많이 들여 기도하면 좋다. 기도해도 하나님의 응답을 받지 못하는 경우가 많다. 마음이 편안한 시간에 기도 시간을 길게 잡아놓고 하나님께 구하면 하나님의 음성이 들린다. 토요일에는 토요 새벽기도회가 끝난 후에 본당에서 길게 기도 시간을 잡아놓는다. 수천 명이 예배드리고 지나간 텅 빈 예배당에서 주님을 고요히 만난다. 내가 제일 좋아하는 시간이다. 토요일이라 이후 시간이 여유가 있으므로 집중적인 기도 제목을 놓고 기도한다. 기도가 깊어지고 기도하지 못했던 다른 방법들까지 등장한다. 새롭고 신기한 방법들을 많이 주신다. 애쓰지 않고 물 흘러가듯이 자연스럽게 기도하면 하나님 음성이 들린다. 용기도 주신다. 깊어지는 기도를 통해 하나님의 뜻을 구하는 긴 기도 시간은 필요하다. 기도가 깊어질 때 하나님의 세미한 음성을 들을 수 있어 좋다.

자기만이 좋아하는 조용한 공간에서 오랫동안 기도하는 습관을 들이는 것이 중요하다. 세상 이것저것 말 들으며 우왕좌왕하는 것은 나중에 후회한다. 하나님과 독대를 통해 좋은 길을 얻는 것이 맞는 방향이다. 하나님과 깊은 독대의 시간을 갖는다. 하나님과 독대하면 외롭지 않다. 매일 공급되는 말씀과 하나님 음성으로 하루를 살아간다. 하나님이 은혜 주시지 않으면 우리는 한 발짝도 움직일 수 없다. 하나님이 공급하시는 에너지가 없으면 내가 일을 하게 되어 쇳소리가 난다. 하나님이 우리에게 매일 공급하시는 은혜로 말미암아 하루 여정을 잘 살아낸다. 그 여정이 쌓여 그 길을 걷다 보면 하나님 영광을 위한 길이 된다. 더디더라도 방향만 맞는다면 최종 승리를 얻는다. 더딤이 승리한다. 더디더라도 하나님께 기도하며 하루를 시작하는 기도의 하루살이다.

새벽 아직도 밝기 전에 예수께서 일어나 나가 한적한 곳으로 가사 거기서 기도하시더니   막 1:35

예수님도 조용히 기도를 통해 하나님과 교제 시간을 가지셨다. 예수님이 새벽 아직도 밝기 전에 기도하러 가셨다. 하루 중 가장 조용하고 방해받지 않는 시간을 선택하셨다. 삶의 찌꺼기들이 기도를 방해하지 않아 기도에 집중할 수 있는 적절한 환경과 시간을 찾는다. 그 시간이 새벽 15분이라고 생각한다. 예수님은 한적한 곳에서 기도를 드리셨다. 외적 침묵 속에서 하나님과 깊은 내적 교제를 추구하는 한적한 공간을 찾아야 한다. 지하 주차장 차 안이 될 수도 있다. 꾸준하게 기도하는 영적인 훈련이 필요하다. 바쁜 세상 속에서 고요한 시간을 만들기는 힘들다. 바쁜 세상에서도 예수님처럼 기도를 통해 하나님과 끊임없는 연결을 한다. 예수님은 하루를 기도로 시작하심으로써 그날의 모든 활동을 하나님 뜻에 맞추어 조정하셨다. 하루 일상을 하나님께 인도하게 해달라고 기도하며 무너지지 않는 삶의 현장이 되길 기도한다. 하나님과 깊은 교제를 통해 영적인 성장을 하고 싶다. 예수님 모범을 따라 조용하고 깊은 기도 시간을 갖기를 소망한다. 기도 하루살이로서 매일매일 은혜의 만나를 먹고 살아간다. 나는 기도의 하루살이다.

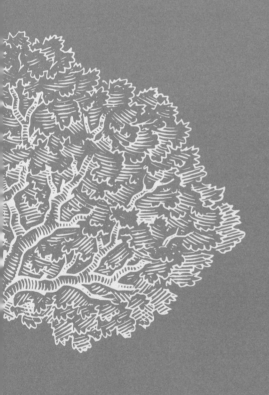

삶 속에서
빛과 소금의 숨결로
다시 호흡

비가 내리면 좋다, 눈물을 닦아줘서

†

꼭 퇴근 무렵에 소나기가 퍼붓는다. 와이퍼로 아무리 닦아내도 앞이 보이지 않는다. 빗줄기가 고드름만 해서 하늘에서 고드름이 줄지어 끊임없이 내려온다. 집 근처에 오니 비가 조금씩 그쳐간다. 오랜만에 숲을 찾았다. 빗줄기가 퍼부어서인지 맑은 공기가 폐 속 깊이 들어온다. 비는 내리고 뛰지 않고 걷다 보니 비를 가득 품고 올라온 흙냄새, 꽃 냄새, 소나무 향기가 더욱 짙어진다. 신발을 벗는다. 양말을 벗는다. 젖은 땅을 느끼기 위해 맨발로 산책한다. 촉촉한 흙의 감촉이 느껴진다. 노쇠한 갈색 솔잎들을 밟으니 푹신해서 좋다. 발 감촉을 느끼기 위해 걷는 속도를 더 늦춘다. 천천히 발에서 느껴지는 산 소리와 호흡하고 싶다. 나무들이 울음을 흘렸는지 빗물에 젖었다. 그 나무는 어떤 사연이 있기에 눈물을 흘리고 있는지 모르겠다. 촉촉한 소나무를 쓰다듬어 위로해 주었다. 내 마음도 쓰다듬어 준다.

살다 보면 왜 하필 이런 일들이 나에게 일어나지 하는 것들이 있을 때가 있다. 그럴 땐 눈물을 흘리고 싶은데 이 세상은 눈물 흘릴 곳이 없다. 숲은 눈물을 흘리기에 좋은 곳이다. 숲에서 빗물을 맞으면 눈물을 닦지 않아도 된다. 빗물이 눈물을 닦아준다. 비 내리는 날은 울기에 좋다. 하나님을 만나 통곡하고 싶어도 울 만한 공간이 많지 않다. 숲이 아닌 밖에서 비 맞으며 울고 돌아다니면 이상한 사람 취급받는다. 숲속을 거닐며 빗속에서 울면 빗물이 눈물을 닦아준다. 우는 모습을 숲이 가려줘서 덜 창피하다. 숲속에서 눈물 흘릴 때 나무가 위로해 준다. 숲의 나무들이 창피한 모습도 가려줘서 사춘기 시절에 방 안에 처박혀 마음을 달래는 느낌이 든다. 눈물을 흘리며 하나님을 더욱 깊이 묵상한다. 숲 사이로 빗물이 떨어지는 하늘을 쳐다본다. 하나님께 기도한다. 힘주시는 하나님의 음성을 듣고 다시 일어날 힘을 얻는다. 고난은 어떤 좋은 열매를 맺기 위해 거치는 과정이라 생각하고 다시 팍팍한 발을 내디뎌 본다. 하늘을 향해 얼굴을 드니 빗물이, 하나님 손길이 눈물을 닦아준다. 눈물이 빗물과 함께 머리 뒤로 흐르니 따로 손수건이 필요 없다. 세상에 비굴하게 고개 숙이지 않으리라 마음가짐을 가져본다.

집 앞에 있는 숲은 사람이 많지 않아 조용해서 좋다. 비 오는 날은 사람이 거의 없다. 가져간 우산은 접는다. 그냥 비에 젖는다. 누가 나를 쳐다보지도 않고 시비도 걸지 않는다. 오직 하나님과 단둘이 있는 시간이다. 나무들이 너 또 왔냐고 반길 뿐이다. 정상까지 오르는데 공기가 상쾌해서인지 허벅지도 힘이 많이 들어가지 않는다. 정상에서 혹시 무지개가 뜨지 않을까 기대하며 하늘을 두리번거린다. 작년 이맘때는 무지개를 보았는데 오늘은 무지개를 보지 못했다. 하나님은 노아의 심판 후에 무지개 언약의 증거를 보이며 다시는 홍수의 심판이 없다고 하셨다. 오늘은 비가 계속 내리니 언약의 증거인 무지개를 보지 못했다. 무지개가 구름 속에 숨어버렸다. 오늘은 하나님이 나에게 보여줄 언약 무지개는 없나 보다. 숲을 통과해서 다시 건널목을 건너 아파트 숲으로 넘어왔다. 세상에 돌아오니 맨발 대신 다시 신을 신었다.

　뒤돌아 숲을 보니 빗물에 젖어 햇빛에 반짝이는 미루나무 잎이 고요한 가운데 작은 파장을 일으킨다. 외로움에 지쳐 사랑을 간구하는 듯한 몸부림으로 보인다. 춤추는 미루나무 잎은 항상 밝다. 사회를 바라보는 시각을 1도만 바꾸기로 마음을 먹는다. 1도만 바꿔도 춤추는 미루나무 잎처럼 쉽게 기뻐하며 살 수 있다. 약간은 긍정적인 마음으로 세상을 바라보는 훈련을 해본다. 숲에서 통곡하고 나오니 햇살이 비치기 시작한다. 숲의 흔적과 흙을 가진 발을 씻고 젖은 머리를 샤워한 후에 글을 쓰는 훈련으로 들어간다. 그냥 비 맞으며 하나님 바라보며 울었던 하루다. 하나님께 눈물을 흘리며 하나님을 만날 수 있는 공간이 필요하다. 싹이 바위로 떨어지면 습기가 없어 말라 죽는다. 삶에 울음이라는 습기가 있어야 말라 죽지 않고 세상에서 살 수 있다. 눈물은 다시 시작하는 힘이 되는 물방울이다.

십자가는 믿는 것이 아닌 자랑하는 것

✝

오늘은 실망스러운 메일을 받았다. 신앙 훈련받고 있기에 어떤 어려움이 와도 낙심 하지 않을 줄 알았다. 삶의 모든 쓴맛을 겪어 마음에 굳은살이 박인 줄 알았다. 그런데 마음은 여전히 깊은 상심으로 가득했다. 마음이 무너지는 퇴근길이었고 담당자에게 죄송한 마음이다. 아스팔트 바닥에 새로 아스콘을 바른 듯이 자꾸 내 신발을 당긴다. 퇴근 무렵이 되면 몸도 마음도 지쳐 체력이 많이 떨어져 있는 상태다. 거울을 봐도 참 안 좋은 상태다. 저녁을 먹고 어두운 방 안에 앉는다. 기운이 없고 우울한 마음으로 책을 집었다. 마틴 로이드 존스의 『십자가』 책을 읽는다. 그냥 희미한 어둠 속에 조용히 앉아 책을 펼쳤다. 십자가 자랑에 관한 내용이다. 책을 읽으며 십자가를 자랑하는 것이 아니라 이용하려고 하고 있는지를 반성하게 된다. 교회에서 받는 훈련조차도 하나님을 위한 것이 아닌 자신을 위한 것인지 되묻게 된다. 훈련만이 오직 돌파구이기에 미친 듯이 훈련에 달려들었다. 내 신앙이 이렇게 고귀하고 아름답다고 세상에 자랑하고 싶은 것은 아닌지를 반성한다.

진심으로 십자가를 자랑하려고 삶을 살지 못한 것을 되돌아본다. 진심으로 예수님 피와 복음 그리고 십자가를 전하는 것은 두려웠다. 훈련을 받는 것은 십자가를 아는 것에 그치고 자랑하는 단계까지는 못 갔다. 이 고백조차도 어쩌면 거짓된 위선일지도 모른다. 반성 행위조차도 또 다른 나를 드러내기 위한 것일지도 모른다. 십자가를 향한 위선이 양파 껍질처럼 그 안에 계속 쌓여 있을지도 모른다. 기독교의 핵심은 십자가에서 죽음인데 자아는 여전히 죽지 못하고 있다. 사탄의 유혹에 넘어가 실과를 먹은 하와처럼 하나님처럼 된다는 착각을 해 교만한 것은 아닌지 반성하게 된다. 십자가조차도 유익을 위해 사용하고 있는 것은 아닌지 돌아보게 된다. 예수님 십자가를 아는 것이 아닌 자랑 단계로 넘어가기를 소망한다. 십자가 이야기를 듣고도 아무런 감동이 없는 마음에 더욱 눈물이 난다. 십자가가 세상 죄를 지고 가는 하나님의 어린양임이 진심으로 믿기지 않을 때가 있다.

십자가는 그저 고통을 위로하는 도구에 불과했을 뿐이다. 정작 십자가를 자랑하지는 못했다. 십자가는 성공시켜 주고 거룩한 척하는 모습으로 키워주는 도구가 아니었는지 묻게 된다. 십자가를 밥벌이로 생각하지는 않았는지 되돌아본다. 일이 아주 잘되었을 때는 십자가를 밑바닥에 내동댕이치며 외면했다. 그 순간 세상에는 오직 나만이 전부였다. 그렇지만 이제 십자가를 믿는 자가 아니라 자랑하는 자라고 고백한다. 십자가를 자랑해야 한다는 글귀를 보고 마음에 우울했던 것들이 회복된다. 십자가는 믿는 것을 넘어 자랑해야 한다. 대부분 사람이 십자가를 믿는 것은 할 수 있다. 하지만 자랑하는 것은 또 다른 차원의 믿음이다. 살아가는 사명이 자아는 철저히 없어지고 오직 십자가만을 자랑하는 사명이 되길 소망한다. 자신을 드러내는 것이 아닌 오직 예수 그리스도의 십자가를 나타내는 사명이 되기를 소망한다. 십자가를 자랑할 수 있다면 나는 빈털터리가 되어도 상관없다.

십자가를 단순히 사랑하는 것을 넘어서 자랑할 때 비로소 예수님의 죽음을 온전히 전한다. 하나님 말씀에 순종하여 연약한 몸으로 순종하신 주님의 몸과 마음을 기억한다. 그것은 십자가를 자랑할 때 가능하다. 세상에 나갈 때 십자가를 부끄러워하지 않는다. 십자가 들어내며 살고 내 뜻을 드러내는 것이 아닌 오직 예수님을 자랑한다. 십자가 자랑은 예수님을 향한 사랑이다. 십자가 죽음의 유일한 이유는 예수님이 나를 사랑해서다. 예수님은 십자가에서 돌아가셨다. 예수님께서 "내가 널 위해 죽었건만, 넌 날 위해 무엇을 하느냐?"라고 물으실 때 이제는 나를 드러내는 삶에서 벗어나 오직 십자가를 자랑하는 삶으로 변화되겠다고 답한다. 내가 가진 한 가지 열정은 주님 한 분뿐이다. 십자가를 자랑해야만 진정으로 믿는 것이다. 십자가를 자랑하는 삶이 되길 소망한다. 십자가를 자랑하고 나니 우울했던 마음이 다시 회복되었다. 건강도 부활했다. 십자가 사랑을 베풀어 주신 주님의 은혜에 감사하는 밤이다.

십자가를 자랑하려면 자기 자신도 사랑해야 한다. 하나님은 우리를 사랑하셔서 예수님의 십자가 희생을 통해 우리에게 영생을 주셨다. 자신을 사랑하는 것은 하나님께서 우리에게 주신 선물을 소중히 여기는 일이다. 자신에게 너무 가혹할 때가 많다. 죄인이고 자아가 깨져야 한다고 외치며 자신을 홀대하는 경우가 많다. 예수님 피의 초청받은 우리는 모두 소중하고 가치가 있는 존재다. 하나님과의 관계는 자신을 보는 방식에 깊은 영향을 미친다. 하나님의 사랑을 깨닫는 것은 자신을 사랑하는 방법을 배우는 중요한 첫걸음이다. 자기 돌봄 시간을 가졌으면 좋겠다. 오른손으로 내 심장을 만져본다. 생명이 있은 뒤로 한순간도 멈추지 않고 뛰고 있다. 심장이 주는 고요한 외침을 들어본다. 심장 맥박을 들으며 나를 사랑하는 마음을 갖는다. 내 안에 예수님이 살아 숨 쉬고 있음을 느낀다. 하나님과 사랑이 회복되면 자신을 이전보다 더 사랑하게 된다. 자신을 너무 정죄하지 말았으면 좋겠다. 자신도 사랑하지 않는데 이 세상 누가 나를 사랑해 줄 수는 없다. 자신에게 너그러워져야 한다. 자신을 위로해야 한다. 실수했다고 해서 너무 자신에게 가혹하게 대하지 말자. 오늘만큼은 자신을 따뜻하게 안아주는 하루가 되었으면 좋겠다. 남과 사랑을 주고받는 것에 목말라하기 전에 자신을 먼저 사랑한다. 불쌍한 나를 싸매고 안아준다. 나를 안으면 더 나아가 하나님이 나를 따뜻하게 안아주신다. 나에게 먼저 십자가를 전한 후 세상에 십자가를 자랑하러 나간다.

피투성이라도 살아 있으라

✝

죽을 것 같은 고통의 연속이었다. 화생방 실에 잠시 들어가 있는 것이 아니라 몇 년 동안 갇힌 느낌이었다. 호흡이 되지 않는다. 건강도 좋은 편이 아니었고 기도의 동역자도 아무도 없었다. 홀로 남았다. 세상은 온통 나를 비웃는 것 같았다. 춘천 가는 고속도로 중간 휴게소 지점을 지날 때면 항상 기억이 선명하다. 차를 이대로 저 가드레일에 부딪치면 어떻게 될까라는 생각을 했었다. 다행히 실행에는 옮기지 못했다. 고속도로 그 지점을 지날 때마다 지금 살아 숨 쉬고 있음에 감사하다. 지옥 상황에서 세상 타락 길로 나가지 않고 하나님 손을 붙들었다. 믿음이 아주 좋지는 않았으나, 강원도에서 서울까지 다니며 예배 자리는 지켰다. 시속 100km/h로 고속도로를 달리며 예배는 빠지지 않았다. 그러다가 어느 한 분을 만났다. 그분과 연결되어 다락방을 시작하게 되었다. 교회에 겉돌던 나에게 서서히 사역 자리들을 맡기셨다.

교회학교 고등부 교사를 하게 되었다. 지옥 구렁텅이에 있더라도 몇 명의 청소년이 기다리고 있기에 예배의 자리로 나갔다. 그들의 눈망울 때문에 내가 무너지면 안 되었다. 학생들 눈망울 때문에 예배 자리를 떠나지 않고 지켰다. 학생들 덕분에 예배 자리를 지키며 모범을 보여야 했다. 오히려 슬픔이 많은 교사를 반 아이들은 잘 품어준다. 며칠 전 그 학생은 대학생이 되어 인사를 하러 찾아왔다. 부족한 교사를 품어준 학생에게 감사했다. 아이들은 음울한 교사를 순수한 마음으로 받아주었다. 지옥의 상황에서도 교사 자리는 지키며 십자가 자리를 떠나지 않았다. 피투성이가 되어서도 예배의 자리는 지켰다. 살아남아야만 했다. 피투성이가 되더라도 하나님 앞에서 쓰러진다. 결국 살아남고 싶다. 어려운 상황이 오면 이 말씀 붙잡고 다시 힘을 냈다. 이 말씀 한 구절이 나를 살렸다.

> 내가 네 곁으로 지나갈 때에 네가 피투성이가 되어 발짓하는 것을 보고 네게 이르기를 너는 피투성이라도 살아있으라 하고, 다시 이르기를 너는 피투성이라도 살아있으라 하였노라　　　겔 16:6

에스겔 16장 6절은 하나님께서 이스라엘 백성에게 하신 말씀이다. 그들이 죄와 심판으로 죽음에 이르렀어도 하나님의 자비와 은혜로 다시 살아날 수 있음을 보여준다. 절망 속에서도 하나님의 구원과 은혜는 한 줄기 생명 빛이다. 죄와 비참한 속에서도 생명과 회복을 주시는 분은 오직 하나님이다. 삶이 힘들 때 세상에 타락하는 것이 아니라 하나님께로 방향을 틀 때 새로운 전환점을 맞이한다. 사람은 웬만하면 죽지 않는다. 살아 있으면 하나님께 더 의지하고 나아가 한줄기 소망 빛이 보인다. 어둠에 있을 때 하나님을 선택하는 길로 간다. 인생은 끝없는 선택의 연속이고 선택은 결과를 낳는다. 고통 중에도 하나님 이름을 불렀다. 인생의 바닥일 때 들리지 않던 하나님의 음성이 명징하게 들려온다. "내가 너와 항상 함께하고 있다고. 세상은 다 너를 미워하고 포기하지만 나는 너를 결코 포기않겠다"는 하나님 음성이 들린다. 아무리 어려워도 하나님 이름을 부르면 다시 살아난다. 빈손으로 바닥부터 다시 시작한다. 텅 빈 본당에서 기도하면 하나님의 따스한 손길로 안아주심을 느낀다. 아무리 바닥이라도 하나님은 함께 해주신다. 내가 가진 모두가 사라진다 해도 나는 하나님을 절대 떠나지 않는다. 하나님이 주신 사랑으로 다시 시작한다.

많은 사람이 다 빠져나간 예배당에 혼자 남아 기도한다. 소란스러운 소음들이 서서히 들리지 않기 시작한다. 텅 빈 예배당에 홀로 있는 시간은 세상에서 가장 편안함을 주는 시간이다. 하나님과 조용히 독대하는 시간이다. 새벽 시간은 하나님이 나를 따뜻하게 품어주는 시간이다. 예수님께 영혼의 닻을 내려놓고 쉼을 얻는 시간이다. 하나님의 안아주심을 느껴 마음이 따뜻해진다. 정글 같은 세상에서 잠시 도피성으로 피한 느낌이다. 세상 모든 일은 머릿속에 다 지워지고 오직 하나님과 독대한다. 하나님 세밀한 음성을 듣는 시간이다. 한 사람을 위해서라도 사명을 잘 감당하라고 위로를 주신다. 하나님 사랑을 글로 표현하고 싶은 사명이 생긴다. 하나님은 말씀하신다. 해보고 싶으면 해보라고. 그 대신 내가 도와주는 만큼 너도 열심히 해야 한다고 말씀하신다. 줄탁동시라는 글귀가 생각난다. 어미가 밖에서 쪼아주고 새끼도 안에서 쪼아줘야 알이 부화가 된다. 하나님이 밖에서 도와주실 때 안에서 나도 할 일을 성실히 한다. 정면 돌파한다. 세상 비난 소리에는 잠시 귀 닫고 하나님과 대화하는 창문만 연다. 한계를 돌파하겠다고 하나님께 고백한다. 하나님을 찬양하는 길을 선택한다. 새벽에 하나님과 깊은 독대 후 영혼 닻을 하나님께 내리고 기도한다. 기도 후에는 사명 닻을 띄워 세상으로 향한다. 나약한 모습으로 살고 싶지는 않다. 인생 여정을 잘 살아갈 체력을 달라고 기도하며 세상 업무에서도 많은 열매가 있기를 기도한다.

마음의 길

   산에 가면 수천 개 길들이 있다. 인적이 없는 산은 얼마나 복잡한지 때로는 왔던 길인지도 모르고 다시 길을 간다. 한 번도 와보지 않은 길을 걷기도 하며 헤매곤 한다. 돌부리에 발이 걸려 넘어지기도 한다. 삶은 마치 산속에서 매일 길을 찾아 헤매는 여정일지도 모른다. 우리 마음 길이 수십 번씩 변하는 것은 지극히 자연스러운 일이다. 오히려 변하지 않고 영원히 고정된 마음이 더 두렵게 느껴질 때도 있다. 마음의 여러 갈래 길 중에 정답은 예수님 길이다. 오직 예수님만이 참된 길이다.

> 예수님이 길이다.
> 예수님이 답이다.
> 하나님이 길이다.
> 하나님이 답이다.

하나님이 인도하시는 북극성 같은 하나의 길을 걷는다. 이제 더 이상 좌충우돌하지 않는다. 예수님이 가신 길은 마음의 길이 따라야 할 중심이다. 이제 더는 두려워하며 방황하지 않고 오직 주님께만 붙어있는 삶을 산다. 인생 돌고 돌아 막판에 하나님을 찾는 일은 없다. 하나님만 의지하고 가는 길에도 어려운 길을 만나기도 하고 험한 낭떠러지를 만나기도 한다. 하지만 최종 목적지는 아주 좋은 곳이다. 평안이 있는 곳이다. 기쁨이 있는 곳이다. 허무하지 않은 삶을 살고자 하나님을 전적으로 의지하며 흔들림이 없이 믿음의 여정을 천천히 걷는다. 마음 길을 잃거나 낭떠러지를 만나면 하나님께 통곡한다. 숲속에서 하나님을 부르짖으며 살려달라고 외친다. 하나님 새 길을 알려주시옵소서. 앞이 보이지 않습니다. 앞을 보여주시옵소서. 그 길 따라갈 때 하나님을 의지하고 나아간다. 하나님을 더욱 사랑한다. 사상, 철학, 인맥, 학력, 직업보다도 먼저 하나님을 찾겠다고 고백한다. 삶의 숲에 안개가 자욱하여 길이 보이지 않는다. 그때는 잠시 그 자리에 주저앉아 하나님을 묵상한다. 눈을 떠보면 안개는 걷힌다. 다시 믿음의 발걸음을 옮긴다. 마음에 길은 여러 갈래가 있지만 하나님 중심되는 길은 하나다. 하나님은 길 잃은 숲에서 나침반이 되어주신다. 또 다른 북극성을 찾느라 시간 낭비하지 말고 오직 하나님께 집중한다. 하나님께만 집중해도 시간이 너무나 부족하다.

하나님이 인도하신 길로 가면 삶에 꽃이 핀다. 성경에서 "지팡이가 살구 꽃을 피웠다"라는 이야기는 아론의 지팡이가 살구나무 지팡이로 꽃을 피운 사건이다. 하나님께서 아론이 모세의 형제로서 이스라엘의 제사장 직분에 있음을 인증하는 표시다. 아론 지팡이가 밤사이에 움이 나고, 싹이 트고, 꽃을 피우고 심지어 열매까지 맺은 기적으로 묘사된다. 이 기적은 이스라엘 백성 사이에서 제사장직을 둘러싼 분쟁과 의심을 종식하기 위해 일어났다. 각 지파의 대표들이 자신들의 지팡이를 성막 안에 제출했다. 하나님께서는 아론 지팡이가 기적적으로 꽃을 피우고 열매를 맺게 함으로써 그가 선택받은 제사장임을 분명히 하셨다. 어릴 적 옆집에 살구나무가 있었다. 노쇠해서 겨울이면 마치 장작처럼 시커멓게 생명력이 없어 보인다. 죽은 줄 알았던 살구나무에서 봄이 되면 싹이 나고 꽃이 핀다. 여름이면 노란색 살구가 열린다. 살구나무가 살아 맺은 열매는 참 시큼하다. 살구꽃이 피면 동네가 화사해진다. 아무리 각박한 동네라도 살구꽃 하나만 봐도 마음이 풍요로워진다. 봄이 오기 전 그 나무는 짙은 갈색을 하고 마치 타다 만 장작처럼 보였다. 죽은 나무처럼 느껴졌기에 아무도 관심을 두지 않았다. 봄이 되니 검은색 나무에서 분홍색 꽃이 피기 시작한다. 사람도 나이를 먹으며 죽어가는 것 같지만, 예수님 길을 따라가면 다시 살아난다. 고목에서 피는 살구꽃은 무척 아름답다. 살구꽃을 바라보며 어릴 적에 평안을 느꼈다.

살구꽃 피는 마음은 없는지 생각해 본다. 직장생활에서도 살구꽃이 피려면 구별된 삶을 살아야 하는데 쉽지는 않다. 그냥 타성에 젖어서 살게 되고 혁신을 두려워한다. 새로운 혁신 모습들을 보여주며 나아가야 하는

데 그냥 현 상태에 머무른다. 과연 이런 모습들이 하나님 자녀로서 맞는 삶인지 점검한다. 하나님을 위한 삶이라면 삶 현장에서도 다름이 있어야 한다. 메마른 막대기에 살구꽃이 피는 기적이 있듯이 삶에도 아름다운 살구꽃이 피어나는 기적을 소망한다. 신앙이 성장하는 모습은 삶에서 예수님을 드러내는 일이다. 오늘 살구 열매'를 맺기 위해서는 '오늘의 일상'에 승리해야 하는데 집중이 잘되지 않는다. 일과 삶에도 이끼가 낀 고풍스러운 매력을 만들고 싶다. 이끼를 몸에 두른 고목에서도 꽃은 핀다. 생명과 자연의 신비함을 다시 느끼게 된다. 벚나무가 나이를 많이 먹어 노쇠하여도 아름다운 벚꽃을 피워내고 있다. 품격이 있으면서도 기품이 있는 나무처럼 나이 먹어서 저런 모습이면 좋겠다는 생각을 해본다. 고목에서 피는 벚꽃이 더 매력적이다. 몸에 이끼가 끼어 세월의 흔적이 묻어 있고 태풍에 잘려 나간 가지가 있는 모습에서 피워내는 꽃을 보면 생명의 신비감을 얻게 된다.

이렇듯 풍파와 광야를 통과한 인생이 더욱 부드럽고 품격 있는 삶이다. 기품과 품격이 있는 삶이란 자기가 하는 일들에 품격이 있어야 한다. 아주 전문적이어야 한다. 바라보는 사람이 저 사람 삶은 뭔가 다르더라고 말해야 한다. 결과물이 품격이 있어야 한다. 만든 물건에 고유 가치가 있어야 한다. 물건을 하나 만들더라도 거기에 품격 있는 독특한 맛이 있어야 한다. 개발자도 코딩에 가치가 더해지고 품격이 있어야 가치 있는 프로그램이 된다. 오늘 찬란한 열매를 맺기 위해서 다시 힘내본다.

모퉁이 돌

✝

꽃에는 얼굴이 있다. 수줍은 꽃, 밝게 웃는 꽃, 목말라서 화가 나 있는 꽃 얼굴들이 있다. 바위틈에 수줍은 보라색 꽃 얼굴도 있다. 양평으로 퇴근 후 밭, 나무, 꽃, 소나무, 수선화, 할미꽃, 복사꽃 등에 물을 준다. 밭에 물을 대며 생각해 본다. 목말랐던 식물들이 촉촉이 목을 적신다. 갈증이 조금이나마 해소되는 듯한 느낌이다. 낮에는 날씨가 초여름 날씨이다 보니 식물들이 물이 많이 필요해 보인다. 꽃과 농작물들을 보니 무척 갈증이 나 보인다. 마당에는 다양한 얼굴을 가진 꽃들이 조화를 이뤄가며 살아가고 있다. 저들도 햇빛과 물을 갖고 경쟁하며 살고 있지는 않았는지 생각해 본다. 나름의 조화를 갖고 서로의 아름다움을 뽐내며 잘 살아가는 듯해 보인다. 뿌리에서는 치밀한 경쟁이 있을지 몰라도 땅 위는 화려하다. 다양한 색깔로 화장을 한 꽃들이 자기를 봐달라고 흔들어 댄다. 밭에 물을 대며 뿌리까지 깊게 스며들도록 준다. 물 주는 것도 오래 걸린다.

호스를 잡고 한참 서 있었더니 해가 지기 시작한다. 옅은 어둠이 내리기 시작한다. 물을 주니 밭의 채소들은 물을 열심히 받아먹는다. 이전보다 더 싱싱해진다. 물을 주며 하나님이 주신 은혜를 생각해 본다. 하나님은 은혜를 항상 많이 주셨다. 하나님은 지금 호스에 내리는 물처럼 충만한 은혜의 호스를 삶과 현장에 대고 계신다. 그런데 그 은혜의 물줄기를 잘 받아 마셔야 하는데 외면하고 마시지 못할 때가 많다. 하나님 은혜 물줄기를 마셔야 살아난다. 영적으로 메말라가는 세상에서 은혜의 물줄기는 희망이다. 밭에 한참 물을 주고 나니 채소들이 싱싱하게 자라난다. 채소는 세상으로 나갈 준비가 되었다. 하나님 은혜의 물줄기를 흠뻑 마신 후 다시 세상으로 나간다.

모퉁이 돌은 예수 그리스도를 상징한다. 모퉁이 돌은 하나님 나라와 교회의 근본적인 기초의 역할을 한다. 건축자들의 버린 돌이 모퉁이의 머릿돌이 되었다. 예수님은 모퉁이 돌이 되신다. 예수님은 인간을 구원하셨고 예수님의 희생은 신앙의 기초가 된다. 버려진 돌은 보배로운 모퉁이 돌이 된다. 예수님을 믿는 것은 전혀 부끄럽지 않은 일이다. 믿음은 예수 그리스도의 모퉁이 돌 기초부터 시작한다. 예수 그리스도에게서 시작하여 함께 성장하고 하나님과 연결된다. 예수님을 모퉁이 돌로 인정하고 그 위에 삶을 구축한다. 예수님을 모퉁이 돌로 삼아 기초를 세우게 되면 죽은 인생이 생명의 역사를 경험한다. 새로운 생명의 세계로 들어간다. 예수님을 삶의 반석으로 삼으면 버려진 인생이 새로운 능력으로 살게 된다. 삶의 어떤 지진이 오더라도 예수님을 모퉁이 돌로 기초를 세우면 무너지지 않는다.

예수님을 삶의 주춧돌로 놓게 되면 고난은 인생의 승부처가 된다. 예수님이 함께 하시기에 고난과 맞짱을 뜨더라도 밀리지 않는다. 어려운 상황은 하나님이 주신 꿈을 묵상하는 시간이다. 고난의 시간에 예수님을 의지하면 역설적인 방법으로 문제는 해결된다. 예수님을 믿는 방식으로 삶을 바꾸면 무명한 자가 유명한 자로 바뀐다. 나는 세상에서는 버린 카드였고 지금도 특별히 잘난 것이 없다. 그래도 예수님을 삶의 중심으로 모시고부터는 삶이 조금은 변하기 시작했다. 웬만한 고통에서는 무덤덤해지고 삶에 깊이가 좀 더 생겼다. 세상이 바라는 것들과는 약간은 다른 삶을 추구한다. 하나님이 기뻐하시는 일을 찾게 된다. 그리고 무언가 모를 기쁨이 있다. 은혜의 샘물이 가슴속에서 끝없이 솟아올라 일상이 기쁘다. 예수님을 진심으로 믿은 후부터 나타난 변화다.

말씀을 조금씩 깨닫기 시작하니 하나님의 마음을 알아간다. 삶의 기초를 모퉁이 돌 되시는 예수님으로 쌓는다. 삶에 어려움이 있더라도 그 순간은 말씀의 씨가 들어가 변화의 시기가 된다. 이 세상의 사상, 진리, 학문, 종교, 이념 등의 맨 상위는 하나님의 말씀이다. 하나님의 말씀이 진리다. 다른 곳에서 진리를 찾아도 어느 순간 다시 안개처럼 진리가 사라진다. 인생 그렇게 길지 않다. 하나님 한 분만으로도 충분히 족한 인생을 살고자 한다. 습관적인 사고는 습관적인 결과를 낳는다. 아무런 변화 없이 일상을 살아가면 항상 제자리다. 습관적인 사고를 깨는 첫걸음은 바로 예수님을 삶의 주인으로 모시는 것이다.

깨진 틈 사이로 흐르는 은혜

✝

설악산 울산 바위에서 암벽등반을 한 후 정상에서 야영하며 속초 시내를 바라본다. 속초의 밤 야경과 오징어 배 불빛이 은은하게 비춰온다. 밤 안개가 걷히고 다시 오고 하는지라 밤하늘의 별들을 많이 보지 못했다. 밤 구름 속에 있었다. 인적이 없는 곳에서 암벽등반을 하다 보니 바위틈새에 있는 이름 모를 야생화들을 참 많이 보았다. 국내에서 서식하는 에델바이스를 본다. 액자에 박제되어 있던 에델바이스를 직접 눈으로 본다. 바위에는 버섯들도 많이 있었다. 꼭대기 바위틈에서 꽃은 자라고 있다. 꽃은 틈새만 있으면 뿌리내리며 생명을 유지하고 있다. 절벽의 틈새에서도 습기를 머금고 살아간다. 하나님은 삶의 벼랑 끝에 선 자의 손을 잡아주시고 생명을 공급해 주신다. 삶이 절벽에 있을지라도 습기만 있으면 산다. 하나님을 향해 흘리는 눈물만 있으면 말라 죽지 않는다.

더러는 바위 위에 떨어지매 싹이 났다가 습기가 없으므로 말랐고

눅 8:6

삶의 고비에 있더라도 틈새에 하나님을 향한 눈물의 습기만 있으면 다시 산다. 눈물로 말미암아 하나님은 삶의 절벽 위에 에델바이스를 피운다. 울산 바위를 등반하며 중간 지점에서 멀리 설악산을 바라본다. 이런 아름다운 자연환경을 주심에 감사가 흘러나온다. 마지막 날 울산 바위 끝 지점에서 장비 정리를 하고 다시 베이스캠프로 돌아올 준비를 한다. 그런데 거기에서 진한 더덕향이 난다. 더덕은 홀씨로 번식하기에 더덕 군락지가 된다. 더덕은 디아스포라다. 디아스포라 교회와 더덕 홀씨는 흩어진다는 공통점을 통해 새로운 생명을 퍼뜨리는 강한 생명력을 보인다.

말씀 씨앗이 들어가 틈새만 있으면 산다. 틈새에 하나님을 향한 눈물이 있으면 회복된다. 삶에 깨진 틈새 사이로 하나님 은혜가 흐른다. 틈새 사이로 하나님 빛이 스며든다. 삶의 절벽에 있더라도 하나님을 향한 틈새, 습기, 눈물이 있으면 다시 산다. 하나님께 부르짖으며 울 때 삶은 다시 시작할 수 있다. 양평에서 모닥불을 피운다. 바람 틈새를 잘 만들어줘야 불이 잘 붙는다. 틈새가 없으면 연기만 나고 눈만 맵다. 틈새로 바람이 불어야 불이 붙는다. 바람은 거세게 부니 모닥불이 뜨거운 불로 성령 충만해졌다. 틈새가 있으면 불이 붙는다. 삶에도 하나님의 말씀이 들어갈 틈새가 있으면 은혜의 불이 붙는다. 틈새는 다시 살아가는 힘을 얻는다. 틈새를

통해 성령 충만한 삶을 살아간다. 삶에 크랙과 틈새가 나기 시작했다 하더라도 그곳에 말씀이 들어가면 다시 회복된다. 인생의 절벽과 바닥에 있을지라도 틈새에 하나님 말씀이 들어가면 꽃이 핀다. 틈새 사이로 습기와 같은 하나님을 향한 눈물이 있으면 다시 살아난다. 삶에는 은혜 틈새가 있어야 한다. 깨진 틈이 있어야 그 사이로 하나님 은혜가 스며든다. 이 새벽 기도로 하루를 시작하며 하나님께 오늘 하루 내 삶에 틈새가 있게 해달라고 기도한다.

씨를 뿌리는 자가 그 씨를 뿌리러 나가서 뿌릴새 더러는 길가에 떨어지매 밟히며 공중의 새들이 먹어버렸고   눅 8:5

사람들이 많이 다니는 길에 씨가 떨어지면 틈새가 없어 씨가 말라 죽는다. 삶에 틈새가 없으면 말씀의 씨앗이 들어가지 않아 삶은 메말라 간다. 하루 삶의 여정 속에서 마음의 틈새에 말씀의 씨가 심기게 해달라고 기도한다. 분주한 삶 가운데서 틈새를 만들기는 쉽지 않다. 깨진 틈이 있어야 그 사이로 은혜가 스며든다. 깨진 틈이 있어야 그 사이로 빛이 들어온다.

하나님 이 시간 임재하여 주시옵소서. 삶 속에서 은혜의 비를 내리는 하루 되게 하옵소서. 마음의 틈새에 하나님이 주신 은혜의 단비가 흐르게 하여 주시옵소서. 은혜의 비가 삶의 틈새에 내려 말씀 씨가 뿌려지고 꽃이 피고 열매가 열리는 하루가 되게 하여 주시옵소서. 해결해야 할 많은 문제가 있습니다. 프로젝트도 잘 처리되게 하여 주시옵소서. 업무에만 매진하여 오늘 하루 업무 일지를 결재받을 때 하나님이 기뻐하시는 결재가 되기를 소망합니다. 퇴근할 때 보람찬 마음으로 퇴근하게 하여 주시옵소서. 퇴근 후에는 평소 하고 싶어 했던 독서를 통해 지식의 앵글이 넓어지기를 소망합니다.

특별히 중간고사 기간이라 '작은 도서관'에서 공부하는 청소년들에게 복음을 전할 방법에 대해서도 고민하게 하여 주시옵소서. 오늘 하나님이 주신 틈새는 아침기도 시간입니다. 아침 큐티 시간입니다. 이 시간에 하나님의 말씀 씨앗이 뿌려지기를 소망합니다. 주신 말씀으로 하루 승리하며 살아가겠습니다. 틈새의 기도 시간에는 같은 동역자를 위해 기도합니다. 경제적 어려움을 겪고 있는 집사님에게 은혜의 단비를 주시어 무사히 해결되기를 기도드립니다. 어려움에 있지만 잘 극복해서 잘 이겨내기를 기도합니다. 그분 삶과 제 삶 속에 하나님이 동행하고 계십니다. 혼자가 아닙니다. 하나님이 보살펴 주시면 절대로 무너지지 않습니다. 예수님과 동행하는 삶을 통해서 업무 일지를 하나님께 무사히 결재받는 하루가 되길 소망합니다. 오늘 하루 말씀과 기도의 틈새를 허락해 주신 주님을 찬양합니다.

삶은 모험

†

요즘엔 옷에 관심이 많이 떨어졌다. 거의 옷을 사지 않다가 두 달째 같은 남방을 입다 보니 옷이 필요했다. 여직원이 추천한 흰 바지를 보고 난색을 보였다. 그동안 살아오면서 흰색 바지는 단 한 번도 입어 보지 않았고 골프복도 흰 바지는 안 입는다. 흰색 바지를 입어 보니 어색할 줄 알았는데 상당히 깔끔하다. 마음에 들었는데 용기가 나지 않는다. 작년 토요비전 새벽 기도회 때 순복음 교회 목사님이 흰 바지를 입고 오셨다. 설교 말씀은 기억이 하나도 안 나는데 백구두에 하얀색 양복이 생각난다. 그분 빼고는 교회 역사상 흰 바지를 입은 남자 성도님은 보지를 못했다. 교회 학교 학생들에게 모험하고 싶어 흰 바지를 입는 것에 대한 의견을 물었다. 아이들의 눈이 동그래지면서 그것만은 절대 안 된다고 말한다. 남자가 흰색 바지는 안 된다고 말한다. 옆에 사랑하는 제자는 차라리 빨간 바지를 입고 오라고 말한다. 아이들은 응원을 못 해줄망정 아예 모험 자체의 판을 엎었다. 학생들의 진심 어린 충고를 거슬러 다음 주 예배에 흰 바지를 사서 입고 가는 모험을 시도했다. 아무도 반응하지 않았다.

> 장로 중 하나가 응답하여 나에게 이르되 이 흰 옷 입은 자들이 누구며
> 또 어디서 왔느냐 내가 말하기를 내 주여 당신이 아시나이다 하니 그
> 가 나에게 이르되 이는 큰 환난에서 나오는 자들인데 어린 양의 피에
> 그 옷을 씻어 희게 하였느니라   계 7:13-14

요한계시록에서 보면 흰옷 입은 자 구절이 많이 나온다. 예수 그리스도
의 피로 정결케 된 자를 말한다. 흰옷을 입음으로써 죄를 사함과 구원을
상징한다. 흰 바지 입은 것은 작은 모험이다. 삶은 모험의 연속이다. 하나
님은 인간을 구원하기 위해 예수님은 보내시는 모험을 하셨다. 믿음 생활
에서도 모험하는 인생을 산다. 복음을 전하는 하나님의 군대가 된다. 모험
을 가진 신앙인은 비행기 난관에서 믿음으로 뛰어내리는 믿음의 공수부대
다. 낙하산이 펴지면 살고 안 펴지면 죽는다. 신앙인은 복음을 전하기 위
해 모험하며 믿음의 낙하산을 펼친다. 삶 속에서 모험하지 않으면 삶은 썩
는다. 일상에서 항상 모험 정신을 유지하는 것이 중요하다. 학원 공부를
모두 내려놓고 여름 수련회를 가는 것도 모험이다. 가지 못할 상황을 내려
놓고 실행하는 것은 하나님과 더욱 깊어지기 위한 모험이다. 삶이 무미건
조하고 의미가 없는 것은 모험이 없기 때문이다. 모험은 하나님과 함께 시
작한다. 가슴 뛰는 삶을 살아가려면 새로운 모험이 있어야 한다. 여름 수

련회는 하나님과 모험을 통해 새로운 꿈들을 향해 달려가는 시간이다.

하나님 손을 붙잡고 모험할 때 이 세상에서 승리하는 삶이 된다. 하나님과 함께하는 모험은 현실에서 찬란하게 빛나는 열매로 드러난다. 모험은 세상의 거센 바람을 이겨내 비상할 때 가치가 있다. 모험 정신은 학업 할 때나 일을 할 때도 중요하다. 창조적 모험이 삶 속 업무에서 필요하다. 어제보다 나아지려는 자기만의 스타일로 창조적 서사를 써 내려가야 한다. 어제와 다른 오늘을 만들기 위해서는 모험해야 한다. 꾸준한 모험 정신이 지속돼야 한다. 하나님과 동행하며 하나님이 주신 통찰력을 갖고 모험을 감행한다. 추상에서 구체로 넘어갈 때 위험을 인내로 견딘다. 하나님이 우리에게 예수 그리스도를 보내신 것은 아주 큰 모험이다. 하나님이 주신 구원의 모험에 감사하며 삶의 현장에서도 하나님 영광을 위한 모험으로 도전한다. 모험으로 사는 인생은 두려움을 충분히 인지하는 가운데 모험을 누리는 삶이다.

서재에서 혼자 글을 쓰는 것은 소박한 꿈일 뿐이다. 모험은 현실에서 드러나야 한다. 책이 되어 서점에 비치가 되어야 한다. 모험은 항상 세상을 대면하고 세상에서 평가받는다. 세상의 평가를 두려워하지 않고 세상에 당당히 맞서 하나님의 인도하심으로 모험해야 한다. 매일 일상을 독특한 순간이자 경험의 기회로 볼 수 있게 하나님이 주신 관점으로 늘 신선도를 유지해야 한다. 모험으로 사는 인생은 결코 두려움이 없는 삶을 의미하지 않는다. 오히려 두려움을 충분히 인지하면서도 모험 안에서 용기를 찾아가는 삶이다. 하나님께 의지하며 용기를 받아 두려움을 극복하고 하나님이 주신 모험의 의미와 목적을 발견한다. 인생은 하나님이 지휘하는 모험이다. 삶은 끊임없이 전진하고 연속적인 모험으로 이뤄간다. 행동 없이는 모험도 없다. 예수님은 모험가 정신을 가지셨다. 예수님처럼 모험하게 되면 하나님의 보이지 않는 주권에 의지하여 예상을 뛰어넘은 방식으로 삶에 의미를 찾게 된다. 모험을 통해 하나님의 인도하심을 경험한다.

작은 모험을 하고 싶다. 하나님을 묵상하는 정신을 공유하는 사람들을 위한 기독교 독서 모임 공동체를 만들고 싶다. 책을 읽은 후 세상을 살면서 적용했던 부분들에 대해 독서 토론을 하고 싶다. 자연스럽게 서로를 위한 기도 제목과 세상을 향한 하나님 부르심을 알아가게 된다. 기독교 독서 모임은 묵상과 공동체의 힘을 통해 하나님과 더 깊이 연결되고자 하는 모든 이들에게 열려 있다. 독서 모임은 하나님과 깊은 관계를 통해 삶의 모든 영역에서 변화를 경험한다. 눈물을 흘리며 같이 울 수 있는 독서 모임을 만든다. 마음이 힘든 사람들끼리 모여 신앙의 서적을 읽어 위로받는 독서 모임이다. 함께 모여 위로와 힘을 얻을 수 있는 시간을 통해 하나님과 다시 숨 쉬는 모임이다. 좋은 책을 선정하여 서로의 마음을 나누고 때로는 감동의 눈물로 마음을 씻어내는 시간도 갖는다. 내 삶은 하나님의 인도하심을 믿고 믿음으로 모험하는 인생이다.

개발자의 기도

✝

주님 새로운 프로젝트를 시작합니다. 프로젝트를 위하여 회사와 팀원들을 위해 최선을 다하고자 합니다. 프로젝트가 하나님께 영광을 돌리게 하옵소서. 프로젝트를 통해 저희가 복을 받게 해주시옵소서. 사용자도 복을 받고 회사도 복을 받고 개발자도 복을 받게 하옵소서. 좋은 성과를 내어 경쟁사보다 더 좋은 소프트웨어가 되게 하옵소서. 세상에 이로움을 주는 소프트웨어가 되게 하옵소서. 프로젝트 성공으로 연말에 많은 성과급도 받게 복을 주시옵소서. 새로운 프로젝트를 통해 지경을 넓혀 주시옵소서. 한계를 돌파하게 하시고 회사가 더 큰 경쟁력을 갖춘 모습으로 성장하게 하옵소서. 소프트웨어가 직접적인 매출뿐만 아니라 간접적인 매출을 통해 회사의 지경을 넓혀 미처 개척하지 못한 시장을 새로 열게 하옵소서.

저희 개인 지경도 넓혀 주시고 새로운 기술의 바다에 뛰어들어 더 큰 세계를 경험하게 하시옵소서. 새로운 관점으로 바라보는 전문 기술인이 되게 하옵소서. 저희 힘으로는 안 됩니다. 오직 주님 손길로 프로젝트와 소프트웨어를 만져주시어 능력 있는 결과물이 나오게 하옵소서. 기도 능력으로 더 뛰어난 소프트웨어가 탄생하게 하시고 주님 손길이 우리를 도와 새로운 기술을 잘 받아들이게 하옵소서. 프로젝트 도중 환난과 갈등에서 벗어나 하나님께서 이끄시는 팀이 되게 하시옵소서. 프로젝트 팀장은 주님이시니 모든 일을 주관해 주시옵소서. 방해하는 세력들의 입에 재갈 물려주시고 프로젝트가 찬란하게 빛나는 결과를 낳게 하옵소서. 저의 기도를 하나님께서 이미 허락하신 줄 믿습니다. 이 모든 말씀을 프로젝트 팀장으로 이끄시는 예수님의 이름으로 기도드립니다. 아멘.

야베스가 이스라엘 하나님께 아뢰어 이르되 주께서 내게 복을 주시려거든 나의 지역을 넓히시고 주의 손으로 나를 도우사 나로 환난을 벗어나 내게 근심이 없게 하옵소서 하였더니 하나님이 그가 구하는 것을 허락하셨더라

대상 4:10

하나님 아버지 새벽이 밝았습니다. 새벽 풀잎에 이슬이 맺힌 것처럼 어제는 제 눈에도 눈물이 맺혔습니다. 이른 해가 뜨면 새벽이슬이 다 사라지듯 자고 일어나니 눈물은 사라졌습니다. 마음이 편해졌습니다. 눈물이 있을 때 하나님께 더 기도하는 시간이 늘어납니다. 마음 저림이 있을 때 하나님께 더 가까이 가는 시간이 됩니다. 풀벌레는 일찍 일어난 것인지 밤샘을 한 것인지 새벽부터 애타게 웁니다. 풀벌레가 새벽기도를 드리는 것일 수도 있습니다. 맹목적인 새벽기도는 변화가 없는 것 같습니다. 어떤 기도 제목을 구체적으로 놓고 구체적으로 기도할 때 새벽기도가 의미가 있는 것 같습니다.

새벽 10분은 저녁 시간의 1시간입니다. 그만큼 시간도 빨리 가고 귀중한 시간입니다. 가장 귀중한 새벽에 하나님과 독대하는 것의 소중함을 깨닫습니다. 세상 어디에 대고 말하고 울지 못하는 눈물을 하나님께 들고 나아갑니다. 새벽이슬 같은 동그란 눈물을 하나님은 이해해 주실 줄로 믿습니다. 하나님 눈물은 새벽 햇살에 다 마르고 오늘 하루는 찬란하게 빛나는 하루를 만들고 싶습니다. 어두웠던 산기슭에 새벽 미명이 찾아옵니다. 오늘 하루 찬란하게 빛나는 하루가 되게 해주시옵소서. 눅눅한 눈물은 이제 다 마르고 밝게 웃는 모습으로 오늘 하루를 보내게 하옵소서. 도전하는 하루가 되게 하옵소서. 아무것도 하지 않으면 아무 일도 일어나지 않습니다. 업무 가운데 모험을 하게 하옵소서. 새로운 프로젝트도 잘 실험하게 하옵소서.

오늘은 다른 때보다 더 일찍 출근합니다. 새벽 공기 마시며 맑은 공기를 얼굴에 맞으며 출근할 수 있음에 감사드립니다. 하나님 오늘 제 삶 가운데 함께 해주시옵소서. 팍팍한 무릎에 힘주시어 야성적으로 비상하는 하루가 되게 하옵소서. 오늘도 약한 손을 강하게 하고 떨리는 무릎을 굳건히 세우며 거룩한 길을 걸어가게 해 주시옵소서. 모든 기도 예수님의 이름으로 기도드렸습니다. 아멘

술 문화에 맞싸우는 용기

†

시대 탁류에 역류해야 한다. 혼탁한 시대 흐름엔 저항하고 맑은 말씀 흐름엔 순종해야 한다. 탁류는 맑지 않고 혼탁한 물의 흐름이다. 홍수 때 한강의 흙탕물처럼 목적 없이 대세에 따라 휩쓸려 간다. 흙탕물 흐름을 시대정신이라 칭하며 이에 반대하면 독특한 사람으로 오해받는다. 시대정신이 아니라 신앙 정신으로 거슬러 올라간다. 지금 시대는 성별의 경계가 허물어지는 혼란의 시대다. 하나님이 창조한 성의 정체성을 거부하는 것이 일상화되었다. 성별의 경계를 허무는 것을 시대정신이라고 부른다. 모두 맞는 것으로 착각하며 흙탕물 속에 같이 흘러간다. 하나님 창조 질서를 무너뜨리는 시도에 저항하는 사람이 적다. 본인한테 손해가 없으니 잘못된 문화를 무심하게 구경만 한다. 잘못된 시대정신에 맞서 싸우는 용기가 필요하다.

지금 시대정신 중 하나는 술을 마시는 문화다. 예전에 비해 다소 줄어들긴 했으나 여전히 술을 권하는 곳이 많다. 술 문화는 기독교인들에게 깊은 신앙적 고민을 안겨준다. 술 문화는 종종 기독교인들을 자책하고 낙심하게 만든다. 술은 기독교인에게 계륵과 같은 존재다. 술을 선택하면 죄책감이 따르고 술을 피하면 소외감을 느낀다. 이중적인 압박은 많은 기독교인이 술 문화와 어떻게 상호작용해야 할지 고민하게 만든다. 술 문화에 대한 우리의 대응 방안을 고민해 볼 필요가 있다. 결론은 술 마시는 탁류 문화에 거칠게 저항해야 한다. 술 문화와 싸워야 한다. 술 문화를 어떻게 대처할 것인가를 한번 생각해 보고 싶다. 술은 종종 한계를 시험한다. 한계를 넘어서면 실수하기 마련이다. 술은 잦은 실수를 만든다. 술을 애매하게 마시는 회색지대는 큰 고민을 안겨준다. 술을 마시게 되면 신앙적으로 자책을 한다. 술을 마실 때마다 정체성에 관한 질문은 더욱 깊어진다. 올바른 경계를 설정하는 것이 어려워진다. 술이 모든 문제의 해결책으로 여겨지는 분위기도 많다. 술을 잘 마시는 사람이 진급도 빨리한다는 소문이 있다.

나는 술의 회색지대에 있다가 제자훈련을 받으며 술을 전혀 마시지 않는다. 나는 술을 절대로 마시지 않겠다고 선포했다. 술의 회색지대에서 완전히 벗어나는 결정을 내렸다. 이런 선택으로 조직 내에서 소외될 수도 있다는 우려가 든다. 하지만 술을 마시면 신앙이 흔들릴 수 있다는 생각에 술은 마시지 않는다. 술을 안 마신다고 하면 취하지 말라고 했지 술을 마시지 말라고는 하지 않았다며 술을 권한다. 신앙적인 고민에 술을 마시지 않을 결단이 섰다면 과감하게 마시지 않는다고 선포해야 한다. 아무리 강압적인 회사라 할지라도 술을 마시지 않는다고 하면 권하지는 않는다. 그렇다고 소외된 자가 되겠다고 선포하는 것은 아니다. 술 마시는 방법이 아니더라도 친밀한 관계를 유지할 방법은 많다. 술을 마시면 몸이 망가지고, 다음 날 업무에 악영향을 미쳐 회사에도 손해를 끼친다. 술 마시면 뇌가 취하니 어떤 식으로든지 사고가 날 확률이 높다. 회식 자리와 술로 인한 고민이 많다면 과감하게 술을 마시지 않겠다고 선포해야 한다. 선포하는 순간부터 술이나 회식 자리로 인한 고민에서 해방된다. 신앙적인 자책감에서도 해방된다. 삶을 더 충실하게 살아나갈 수 있다.

술을 마시지 않는다고 명확하게 선언하면 사회적 압박이나 개인적 유혹에도 불구하고 그 결정에 따라 일관되게 행동하는 힘이 생긴다. 공개적인 선포는 단순히 술을 거절하는 것 이상의 의미를 지닌다. 술을 거절하면 상대방도 한두 번만 섭섭해하지 그 이후부터는 아예 술을 권하지 않는다. 술을 마시면 미래의 발전적인 이야기가 없이 과거의 이야기만 반복한다. 회식 자리에서 술을 마시지 않아도 어색함을 피할 수 있도록 뉴스나 다양한 지식을 미리 준비한다. 미래 지향적인 대화를 준비하면 회식 자리에서도 유익한 시간을 보낼 수 있다. 술을 마시면 다음 날은 마치 죽음과 같은 고통을 겪게 된다. 술이 인간관계를 일시적으로 편하게 만들 수는 있지만 그 효과는 잠깐뿐이다. 회사에서는 결국 업무 능력과 매출로 개인을 평가한다. 술을 마시지 않아도 충분히 좋은 인간관계를 맺을 수 있다. 하나님 말씀을 따라 살아가는 것이 최종적인 승리를 가져다준다. 온전한 자로 서 있다면 술은 아무런 영향력을 주지 않는다.

술을 마시지 않는 성실함이 궁극적으로 더 큰 성과를 가져온다. 술을 마시지 않겠다고 신앙적으로 결단하면 오히려 회사에서도 인정받을 수 있다. 술을 마시지 않는다고 해서 직장을 잃지 않는다. 오히려 회사에서 더 큰 노력을 기울이면 더 큰 인정을 받을 수 있다. 술을 마시지 않겠다고 담대히 선포한다. 술에 의지하지 않고 맑은 정신으로 살아가기에도 이 세상은 너무나 소중하고 짧다. 취해서 낭비하는 시간이 너무나 아깝다. 술을 마시는 탁류에 목적 없이 흘러가지 말자. 세상의 탁류에 거세게 저항하여 하나님의 정체성을 가진 거룩한 모습으로 살아간다. 거룩한 삶이 더 멋진 인생이다. 모두가 술을 마시는 자리에서 단 한 사람만이 술을 마시지 않겠다고 선포할 때 그 한 사람이 훨씬 더 위대하다고 믿는다. 술에 취하고 다시 깬 후에는 모든 관계는 다시 초기화된다. 술이 인간관계를 개선할 수 있는 해답이 아니다. 술을 마시지 않음으로써 단지 술에서 벗어날 뿐 아니라 더욱 건강하고 생산적인 삶을 선택하는 것이다. 이러한 결단은 삶을 더욱 풍요롭고 가치 있게 만든다. 술 마시지 않는 삶은 하나님이 기뻐하시는 삶이다.

술 취하지 말라 이는 방탕한 것이니 오직 성령으로 충만함을 받으라

엡 5:18

무조건 기록

✝

    아침에 출근하는데 앵두가 빨갛게 익어간다. 6월은 앵두의 계절이다. 푸른색과 붉은색이 융합되어 서서히 빨갛게 살찐 앵두로 변해가고 있다. 앵두는 토실함이다. 앵두는 충만함이다. 앵두는 강렬한 열정이다. 앵두가 부끄러운지 탱탱한 볼이 빨개졌다. 우물가에 앵두를 보면 편안함이 있다. 앵두를 먹으면 포만감은 없지만 따놓은 빨간 앵두를 손안에 모아두면 충족감이 크다. 빨간 앵두는 여름이 오고 있음을 알려준다. 빨간 앵두는 성령의 열매처럼 보인다. 산과 들 그리고 밭에는 꽃과 열매가 하모니를 이룬다. 찬란한 녹음의 교향악이 울려 퍼진다. 초록이 충만한 시간이다. 아침 공기는 맑고 세상은 초록이다. 보리수가 익어간다. 앵두와 보리수는 같은 계절에 익는다. 둘이 친구인가 보다. 블루베리도 익어간다. 수확량이 많지는 않지만 기쁨은 크다. 마트에서 돈 주고 사면 훨씬 더 많이 주지만, 직접 자라난 작물을 바라보는 만족감은 크다. 직접 길러 먹는 작물은 맛이 더 살짝 깊다. 맛 속에 정이 있다. 매일 보고 자라고 쓰다듬어 주는 것들을 수

확하는 것은 기쁨이다. 익어가는 앵두나무 앞에서 차 한잔 마시는 것은 행복이다. 앞에 조그마한 모닥불을 둔다. 뒤편은 빨간 앵두와 초록이 익어간다. 앵두를 보며 느낀 감정들을 글로 적으면 다시 읽을 때 감정이 살아난다. 기록하고 메모하는 습관이 중요하다.

어둠이 어깨에 서서히 내리기 시작한다. 하나님의 은혜도 같이 서서히 내려온다. 밤은 깊어져 가고 친한 사람들과의 대화 속에서 고요한 만족감이 밀려온다. 모닥불은 사그라들고 서늘해지니 겉옷을 입는다. 새들도 모두 잠들러 갔는지 조용해진다. 성경을 많이 읽고 하나님을 깊이 생각하고 예수님을 널리 전하는 것이 신앙생활의 기본이다. 여기서 하나 더 추가해야 할 것은 삶을 무조건 기록하는 것이다. 삶에서 경험하고 느낀 것을 기록으로 남기는 글쓰기는 신앙을 더욱 깊이 있게 만든다. 하나님과 지속 가능한 소통을 만든다. 신앙 글쓰기는 신앙의 자산을 쌓는 거룩한 행위다. 나이가 아무리 많아도 신앙의 기록이 없다면 그것은 텅 빈 깡통처럼 보인다. 그러나 무엇이든 기록하는 습관을 지니면 신앙을 깊이 있게 만드는 귀중한 도구가 된다. 신앙 글쓰기는 순간적인 은혜와 감동을 영구적인 것으로 전환하는 방법이다. 하나님께 받은 메시지를 기록함으로써 그 은혜를 나중에 다시 참조하고 묵상할 수 있다. 이러한 신앙 글쓰기는 시간이 지나 우리를 다시 하나님께로 더 가까이 돌아오게 만든다. 신앙 글쓰기는 신앙의 성장과 성숙을 이끌어 간다. 신앙 글쓰기는 단순한 행위를 넘어 신앙 여정을 더욱 풍성하게 만드는 축복의 도구다. 어느 순간 하나님이 주신 감동과 느낌 등을 종이 쪼가리에라도 적어놓아야 한다. 조그마한 메모가 나중에 엄청난 신앙 자산이 된다.

종이보다는 스마트폰을 이용해 블로그나 클라우드 등에 저장해 놓으면 좋다. 천국 가기 전까지 잃어버릴 염려는 없다. 삶의 현장에서도 메모는 중요하다. 순간적으로 나타났다가 지워지는 아이디어를 붙잡을 수 있기 때문이다. 탁월한 기획력은 그냥 생기지 않는다. 작은 메모들이 모여 창조 실력을 만든다. 매일 메모가 모여 지식의 산이 된다. 신앙 자산이 된다. 설교 말씀을 적은 후 공유하면 또 다른 은혜를 받는다. 조그마한 은혜들이 모여 눈덩이처럼 은혜가 계속 불어난다. 은혜의 선순환이다. 기록하는 습관은 신앙의 성장과 성숙에 매우 중요한 요소다. 설교 말씀이나 성경 공부에서 얻은 통찰을 기록하는 것은 지속적인 은혜의 흐름이다. 받은 은혜를 흘려보냄으로써 은혜의 확장성이 일어난다.

믿음 공동체 안에서 은혜 선순환을 만들어 서로 간에 믿음이 동반 상승한다. 작은 메모와 기록들이 책으로 출간되어 선한 영향력을 미칠 수도 있다. 역사의 한 페이지가 될 수도 있다. 기도할 때도 중언부언하는 것보다 기도 노트에 적는 것이 좋다. 스마트폰에 적다가 소셜미디어로 빠질 수도 있지만 기도하다 다른 생각으로 빠지는 것보다는 낫다. 기도 노트에 적어놓으면 매일의 신앙이 자산이 되고 훗날 돌이켜볼 때 잔잔한 미소를 지을 수도 있다. 기도 노트는 응답 노트다. 글쓰기는 노트 대신에 디지털 방식으로 저장하는 것이 좋다. 접근성이 좋아야 한다. 적어놓은 것을 찾는 데 몇 시간 걸리면 그 메모는 무의미하다. 블로그에 적어 놓았다면 단어와 문맥만 알면 검색해서 글을 바로 찾는다. 데이터는 찾기 쉬워야 한다. 스마트폰, 블로그, 클라우드 저장소 등을 이용하면 종이에 기록하는 것보다 더 오래 더 안전하게 자료를 보관할 수 있다.

하나님이 주시는 감동과 생각을 매일 일기 형식으로 기록하면 신앙의 여정을 알 수 있다. 하나님이 주시는 음성을 일기 형식으로 적어도 좋다. 사람에게 화내면 사람 다 떠난다. 나만의 일기장에 그 사람에 대해서 화를 내면 된다. 나만 볼 수 있게 설정하면 된다. 설교 내용도 메모해서 공유하고 내 생각을 조금만 더 붙이면 은혜가 확장된다. 가족과 믿음의 공동체 그리고 친구들과 묵상하며 토론할 수 있다. 자기의 삶에 적용한 것도 나눌 수 있다. 남의 눈 의식하지 말고 자신이 쓴 글을 끊임없이 습관적으로 올려놓는다. 남들 시선은 너무 신경 쓰지 않는다. 하나님과 자신과의 만남, 감정, 영감들을 솔직하게 적는 것이 좋은 글이다. 기록의 단순한 행위는 누추한 것이 아닌 신앙의 깊이를 더해가는 성숙 과정이다. 신앙 글쓰기는 하나님과의 관계를 더욱 풍성하게 하는 중요한 습관이다. 기록은 개인뿐 아니라 공동체 모두를 성장시킨다. 적어야 산다. 적자생존이다. 기록하는 습관이 스며들기를 소망한다.

부의 봉투 속의 씨앗

✝

풀벌레 소리가 들린다. 내일이 입추다. 산속이라 원래 시원해야 하는데 집이 꽤 덥다. 밤인데도 에어컨을 틀게 된다. 주위에 아픈 분들이 많고 부고 소식도 많이 들려온다. 폭염에 안타까운 사건들이 많다. 사람 사는 것이 고통이 있다고는 하지만 이별을 맞닥뜨리는 것이 가장 아픈 일이다. 청년들도 외로움에 지쳐 고독사하는 사람들이 많다. 산다는 것은 무엇이길래 이렇게 어려운 일들이 많아지는 것일까. 예전에는 다 같이 가난해서 서로 돕고 살았는데 이제는 옆에 누가 죽어가도 모르는 세상이 되어버렸다. 하나님의 사랑이 따뜻하게 펼쳐져야만 한다. 이별의 슬픔은 크다. 텅 빈 가슴만 남겨 놓는다. 안타까운 일들만 일어나서 우울한 하루이다. 힘겹게 살아가는 사람들만 세상에 있는 것 같다. 따뜻한 마음으로 세상을 향해 눈을 돌려 시야를 확장해 간다.

잠시 흙탕물에 젖은 몸을 씻고 가야 하지는 않을까. 바쁜 일상에서 잠시 생각하며 쉬어가는 시간마저도 사치가 될까. 남들을 돌보며 가야 하기도 쉽지는 않은 일이다. 주위를 돌보는 사랑이 사라졌다. 아이 엄마가 먹지 못해 젖이 나오지 않으면 동네 사람은 자기가 굶을망정 음식을 아이 엄마에게 주었던 옛날과는 다르다. 나부터도 베푸는 것이 인색하다. 나 살기 바빠 오직 내가 할 일을 쳐다보며 살아간다. 잠시 바쁜 세상에서 남을 위해 하나님께 기도하는 시간을 확보한다. 슬픈 소식들이 많이 들려와 우울한 하루다. 마음이 다 메말라서 슬픔이 없을 줄 알았는데 슬프다. 주위에 아픈 사람들이 많지 않았으면 좋겠다. 아픔의 순간을 기적으로 만들어 주시길 예수님 앞에 기도드린다. 짙어진 청년 고독사 그림자가 다가오고 있다. 고독사한 30대 여자 청년 주변에는 빈 막걸리 병이 나뒹굴었다고 한다. 뉴스를 보니 서울 반지하서 30대 여성이 쓸쓸한 죽음을 맞이했다고 한다. 고독사는 누구나 대상이 될 수 있다. 고독사 방지를 위한 사회적 공동체가 형성되는 일을 교회가 했으면 좋겠다. 예수님이 가장 기뻐하시는 일이라고 생각한다.

오늘 저녁 풀벌레 소리는 애처롭게 들린다. 아픔에서 회복을 기도해 왔던 잘 아는 지인의 부친께서 오늘 소천하셨다. 오랜 시간 동안 회복을 위해 같이 기도해 왔지만 결국 하나님 품에 안기셨다. 지인의 부친께서 하나님 품 안에서 고통 없는 안식을 누리시길 기도한다. 그분의 영혼을 하나님께서 따뜻하게 안아주시고 영원한 평안 주시기를 기도드린다. 하나님께서 슬픔과 아픔 속에 있는 가족들을 위로해 주시기를 간절히 기도드린다.

장례식장용 하얀 부의 봉투가 있다. 부의 봉투에 꽃씨를 모아 놓았다. 검은색 씨앗이다. 씨앗은 다시 살아나는 생명이다. 씨앗은 흙에서 다시 싹이 튼다. 부고는 다시 생명이다. 그분은 하나님 품에 안기어 천국에서 다시 아름다운 꽃으로 태어난다. 가족들에게 추억의 꽃들로 피어 영원한 그리움으로 남는다. 아름다운 꽃으로 가족들의 기억 속에 영원하다. 부의 봉투 씨앗은 죽음이 아닌 새로운 생명과 시작이다. 부의 봉투 씨앗은 강력한 메타포다. 씨앗은 사랑하는 이를 잃은 유족들에게 슬픔 속에서도 계속될 생명의 시작과 성장을 꿈꾸게 만든다. 작은 씨앗 하나가 땅속 깊이 묻혀 새로운 생명의 시작을 꿈꾼다. 딱딱한 껍질을 벗기고 소천하신 그분에 대한 추억의 싹이 돋아난다. 소천하신 분은 하늘에서는 하나님께 축복받고 이 땅에서는 새로운 씨앗으로 기억 속에 다시 살아난다. 언제나 그 자리에서 꽃 피울 때를 조용히 기다린다. 봉투 속 깊은 곳에 감춰진 씨앗은 부고라는 이름이었다. 부고는 한 생명의 마침표가 되었지만 새로운 시작이다.

부고의 알림은 끝이 아닌 영원한 천국으로 가는 여정이다. 부의 봉투 씨앗으로 말미암아 슬픈 눈물이 이제 기쁜 이슬로 내려온다. 씨앗은 그리움으로 세상을 가득 차게 만든다.

잘 아는 지인의 부친이라 장례식장에 좀 오래 앉아 진심 어린 위로를 하고 싶은 심정이다. 조의금도 생각했던 것보다 좀 더하고 싶다. 요즘에는 한 시간 정도 앉아 있다가 형식적으로 밥만 먹고 간다. 장례 문화가 진심 어린 위로가 아닌 형식의 문화가 더 지배적이다. 잠시 서 있는 화환이 서로 경쟁하는 모습이다. 화환이 많거나 유명 인사 이름이 있으면 잘 살아왔다고 증명하는 듯하다. 장례식장의 핵심은 위로다. 슬픔을 당한 가족들에게 진심 어린 위로가 필요한 시점이다. 장례식장에서는 좀 오랫동안 있으려는 노력이 필요하다. 시간이 없어서 장지까지 따라가지는 못했다. 슬픈 사람을 위로하는 것은 하나님께서 말씀하신 이웃 사랑의 구체적인 실천 모습이다. 슬픔이 있는 곳에는 꼭 가고 오랫동안 함께하는 사람이 성숙한 신앙인이다.

내가 확신하노니 사망이나 생명이나 천사들이나 권세자들이나 현재 일이나 장래 일이나 능력이나 높음이나 깊음이나 다른 아무 피조물이라도 우리를 우리 주 그리스도 예수 안에 있는 하나님의 사랑에서 끊을 수 없으리라 　　　　　　　　　　　　　　　　　　　　　롬 8:38-39

하나님은 천국으로 가신 분이나 남아서 슬퍼하시는 우리를 위해 끊임없이 사랑해 주신다. 하나님 사랑은 단절되지 않는다. 하나님 사랑은 영원하다. 다시 한번 슬픔을 당하신 그 가족들에게 위로의 말을 전한다. 하나님께서 슬픔 당한 이들의 마음을 쓰다듬어 주시길 간절히 기도한다.

인공지능을 이기는 십자가

✝

    이제 지식의 시대는 저물었다. 인공지능이 명문대 학부생 다 모아놓은 지능보다 더 높은 지능이 되었다. 어떤 목적을 갖고 사는지에 대한 삶의 태도가 더 중요한 시대다. 『지성에서 영성으로』를 쓰신 고 이어령 선생님의 선견에 무릎을 칠 뿐이다. 지성에서 영성 시대로 접어들었다. 영성이 대세가 되는 시대다. 누구나 알고 있는 지성에서 영성을 삶의 틈새에 자연스럽게 접목을 시키는 것이 관건이다. 인공지능 시대의 신앙은 방향성이 기반이 돼야 한다. 그래야 자기만의 독창성 있는 신앙이 나온다. 그것만이 신앙이 기계를 이길 수 있는 방법이다. 말씀을 이제 누구나 다 쉽게 접하게 된다. 보편적으로 알고 있는 말씀 반석 위에 누가 독창성 있는 신앙 열매들을 맺느냐 하는 것이 관건이다. 인공지능을 이기며 독특한 신앙과 삶의 열매를 맺으려면 어떤 것이 있는지를 살펴본다.

    방법 하나. 자기만의 은사를 발견한다. 자기가 잘하는 것을 찾아 하나님 영광을 위해 사용한다. 자기만의 은사를 갖고 지성에서 영성으로 넘어가는 신앙생활을 한다. 은사를 통해 하나님 영광을 위해 뛰다 보면 세상일은 순리대로 뒤따라온다. 설사 세상 것들이 따라오지 않더라도 주님을 위해 뛴 것으로 충분히 만족한다. 주님을 위해 일했으니 허무하지 않다. 인공지능을 이용해 자기 은사와 결합하면 세상을 향한 무서운 무기가 된다.

방법 둘. 성령의 은혜에 사로잡힌다. 말씀이 이미 편만하게 자신의 지식 속에 자리 잡았다. 말씀 기초 위에 성령의 능력이 있어야 한다. 찰나에 떠오르는 성령이 주시는 통찰력을 붙든다. 메마른 사막 가운데 오아시스같이 떠오르는 영감을 잡는다. 성령의 은혜에 사로잡힐 때 인공지능을 이길 수 있다. 성령은 하나님이 그리스도인에게 주신 특권이다. 세상을 이기는 힘은 성령의 힘이다. 자기 힘이나 인공지능의 능력이 아닌 하늘로부터 내려오는 성령의 능력으로 살아내면 그 삶은 거룩한 경쟁력이 있다. 세상을 바꿀 수 있다.

방법 셋. 하나님의 은혜와 능력은 흘려보내야 한다. 죽을 지경에서 남의 도움으로 살려냄을 받았다면 그 사람은 같은 처지에 있는 사람을 살려낸다. 능력을 세상에 흘려보내 세상을 옥토로 만든다. 사람들 마음이 다 사막으로 변해간다. 우울, 자해, 자살, 공포, 장애 등으로 인해 세상은 가뭄에 논이 쩍쩍 갈라지듯이 메말라 가고 있다. 논이 메마르니 그 안에 모들도 다 시들어간다. 쩍쩍 갈라진 논에 은혜의 물꼬를 터서 하나님 은혜를 흘려보낸다. 그런 사람은 기계가 지배하는 세상에서 기계를 이길 수 있다. 남을 돌보는 사람은 인공지능을 이길 수 있다.

방법 넷. 마음을 지켜야 한다. 하나님과 깊은 소통이 있어야 한다. 하나님과 깊은 소통이 있는 사람은 결코 마음이 무너지지 않는다. 마음을 지키는 자는 곧 하나님과 막힘없는 소통하는 사람이다. 하나님 사랑을 몸소 체험하고 있기에 절대 마음은 무너지지 않는다. 마음이 충만해졌으면 하나님의 나라와 의를 구하면 된다. 마음이 무너지면 인공지능도 아무런 의미가 없다.

인공지능을 활용해 은사를 갖고 하나님 나라와 의를 위해 뛴다. 하나님은 가치가 있는 인생을 만들어주신다. 하나님이 주신 거룩한 은사를 세상에 펼쳐야 한다. 충만한 은혜를 받았으면 세상에서 그 은혜를 닳아질 때까지 사용한다. 자기 업무, 글, 영상, 행동, 인격, 품격 등을 세상에 내놓는다. 하나님이 기뻐하시는 삶은 도덕군자가 아니라 예수님의 제자가 되는 것이다. 자기만의 은사를 발견해서 예수님의 제자 삶을 살아가면 인공지능을 이길 수 있다. 하나님께서 인공지능을 미리 이길 수 있는 것까지 준비하신 것에 찬양을 드린다. 기술과 지식의 한계를 인정하고 하나님을 의지하는 마음이 인공지능을 이기는 길이다. 물론 인공지능도 능수능란하게 활용해야 한다. 말씀을 기반으로 살아가며 인공지능을 이기는 방법을 생각해 본다. 결론은 하나님이 주신 창조적인 생각만이 인공지능을 이긴다.

하나님의 어리석음이 사람보다 지혜롭고 하나님의 약하심이 사람보다 강하니라

고전 1:25

하나님을 의지하고 신뢰하는 것이 인간 지혜나 기술보다 중요하다. 인간의 한계를 인정하고 하나님께 겸손히 나아가는 마음가짐을 가질 때 하나님께서 지혜를 주신다. 사도 바울은 하나님의 지혜가 인간의 지혜보다 훨씬 뛰어나다는 점을 강조한다. 하나님 지혜가 아무리 인간에게 어리석게 보일지라도 인간이 만든 인공지능보다 뛰어나다. 하나님께서 가장 약해 보이는 순간에도 그 힘은 인간의 최고 강함보다 강하다. 하나님은 전능하시고 인간은 한계가 있다. 인공지능을 이용해 인간의 지혜나 힘을 활용하되 하나님의 지혜와 능력으로 확장되어야 한다. 십자가는 어리석게 보이지만 인공지능보다 강하다. 십자가에 담긴 하나님 구원의 지혜와 능력은 그 무엇보다 강력하고 지혜롭다. 인공지능을 이기는 것은 십자가다. 예수님을 믿음으로 말미암아 하나님과 원활한 소통이 된다. 하나님이 주신 소통된 지혜로 살아가면 인공지능을 넘어 훨씬 더 능력 있는 삶을 살아간다. 결론은 하나님의 지혜와 능력이 인간의 지혜, 능력, 인공지능을 초월한다. 하나님을 신뢰하고 의지하는 삶을 살아야 하는 것이 지금 시대정신이다.

용서는 성장의 모판

✝

퇴근길에 비가 내린다. 하나님이 눈물을 흘리신다. 창문을 열고 신선한 바람을 맞으며 하늘에서는 마치 하나님 눈물이 흘러내리듯이 비가 온다. 차창에 팔을 걸친다. 팔에 빗물이 닿는다. 하나님 눈물이다. 하나님 눈물은 때로 미지근하고 때로 뜨겁게 내린다. 세상을 바라보시며 안타까워하는 하나님의 눈물이다. 하나님은 동성애가 평등으로 위장하여 마치 옳은 것처럼 보이는 세상을 보시며 마음 아파하신다. 하나님은 하나님 나라 통치가 사라져 가는 현실에 눈물을 흘리신다. 하나님은 바로 서지 못한 세상을 바라보며 눈물을 흘리신다. 하나님은 아픈 병원 환자들을 보며 눈물을 흘리신다. 차창 밖으로는 계속해서 하나님 눈물이 흐른다. 싸우는 정치권과 하나님의 창조를 조롱하는 듯한 정치인들을 보며 하나님은 더욱 눈물을 흘리신다. 하나님은 정치인들이 하나님 나라를 세우기보다 죄악으로 향하는 길을 열어가는 모습을 보며 깊은 슬픔에 잠기신다.

나를 보시며 하나님은 눈물을 흘리신다. 하나님은 아직도 자아의 틀에 갇혀 밖으로 나오지 못한 나를 보며 눈물을 흘리신다. 하나님은 세상과 하나님 나라를 향해 전진하지 못하는 내 모습을 보시며 눈물 흘리신다. 하나님은 나에게 자신만의 생각을 벗어나 하나님 관점으로 세상을 바라볼 것을 권면하신다. 하나님의 눈물은 따뜻한 보금자리다. 하나님 눈물을 맞으며 푸른 들판을 뛰놀고 싶다. 하나님 눈물을 맞은 후에는 자아 틀에서 벗어나 하나님 나라를 위한 시각으로 시야가 확장된다. 하나님은 말씀하신다. "안 되는 것에 매달리지 말고, 지금 할 수 있는 것에 집중하라." 매일 시간이 가면 머리는 하얘지고, 주름이 늘어난다. 매일 면도해도 다시 자라나는 수염처럼 일상은 반복된다. 일상에 자아가 깨지지 않는 내 모습 보고 하나님은 안타까워하신다. 하나님은 우리가 오직 하나님 나라를 위한 흔적을 남기길 원하신다. 저녁의 남은 시간 동안이라도 하나님을 위한 흔적을 남기길 소망한다.

용서는 성장이다. 여름 끝자락에 매미가 운다. 매미 우는 소리가 정겹다. 비가 내려서인지 창문으로 후덥지근한 공기가 들어온다. 그렇지만 몹시 덥지는 않다. 평온한 퇴근 시간은 초가지붕 아래 저녁밥 짓는 집으로 향하는 시간이다. 밖에서 일하던 농부들도 모두 집으로 돌아가 들녘은 고요하다. 연기 나는 지붕 아래 전등 빛은 따스함을 준다. 자연으로 퇴근하는 것은 정말 상쾌한 일이다. 돌아가신 어머니 대신 자연이 마치 그 품처럼 따스함을 안겨준다. 자연과 함께하는 삶은 참 아름다운 삶이다. 삶이 기쁜 것은 간헐적인 행복이 있기 때문이다. 고요한 자연으로 들어간다. 숲

속으로 들어간다. 조그마한 텃밭에 열매는 자란다. 아름다운 자연을 창조해 주신 하나님께 찬양을 드린다. 고요한 이 시간에 모든 사람을 용서할 마음이 생긴다. 한때 나를 그렇게 괴롭혔던 사람과 거의 초주검으로 몰고 갔던 사람을 지금 모두 용서한다.

용서는 정말 어려운 일이다. 용서는 아이를 낳는 것보다 더 어려운 일일지도 모른다. 용서는 군대 화생방 훈련소에 있는 것보다 더 힘든 일이다. 용서할 때 자아가 깨지고 성숙한다. 자아에 갇혀있는 한 용서는 여전히 어렵다. 매미가 허물을 벗고 다시 태어나는 것처럼 용서의 허물을 벗고 성숙한 사람으로 다시 태어난다. 용서는 자기 살을 깎아내는 아픔이다. 용서해야만 한 발 더 성숙이 있다. 용서하지 못한다는 것은 자신만 옳다는 것이다. 용서할 때 자유함이 있다. 이제 편안한 마음으로 용서한다. 상처 깊이가 크면 용서가 어렵다. 고통을 잊는 데는 꽤 오랜 시간이 걸린다. 평생 용서하지 못하고 사는 사람도 있다. 하지만 이제는 그 족쇄를 풀고 스스로 마음의 자유를 얻는다.

내가 용서했다고 해서 그 사람이 정당화되는 것은 아니다. 그냥 1%라도 내가 잘못한 것이 있기에 용서하는 것이다. 배신은 사랑으로 덮어야 한다. 복수 칼날을 휘두르면 내 손에도 피가 묻는다. 복수 후에 내 삶도 피폐해지고 주변도 다 황량해진다. 복수하는 데 모든 에너지를 쏟아부어 일상을 살아갈 수 없다. 용서하는 마음이 생기는 사람이 진정한 자아가 죽은 사람이다. 성숙한 사람이다. 배신을 사랑으로 승화시켜야 고통 속에서 벗어난다. 용서하는 것은 내가 잘못했다고 인정하는 것이 아니다. 그 사람이 옳다고 인정하는 것도 아니다. 용서는 사람을 불쌍히 여기는 마음이 생기는 것이다. 내 자존감을 깨뜨리는 것이 아니다. 자존감을 넘어서 자유함을 얻기 위함이다. 용서는 자유함이다. 자신을 용서하는 것도 중요하다. 자신에게 너무 야박하게 다그칠 때가 많다. 남을 용서하는 것은 자신을 사랑하는 것이다. 용서는 감정의 문제가 아니라 결단의 문제다. 나를 심리적으로 지배했던 그 사람을 사랑한다고 결단하는 것이다. 용서는 고통스럽다. 하지만 그 과정을 이겨내야만 용서가 성숙으로 이어진다. 용서해야 삶이 행복해진다. 길지 않은 인생에 용서하지 못해 마음을 지옥으로 만들지 말자. 용서한 후 세상에 영향을 주는 일로 물꼬를 틀어야 한다. 용서한 후 부르심을 따라 사는 삶이 가장 아름다운 삶이다. 용서는 우리를 마을 앞 느티나무처럼 거목으로 성장시켜 주는 도구다. 용서는 나무 그늘이다. 밤하늘 별과 야경을 바라보며 상처 준 이들을 용서한다. 이 밤에 조금 성장한다. 밤하늘 별을 바라보며 내 부족함으로 상처받은 사람들이 있다면 부디 그들이 나를 용서해 주기를 바란다. 망각력이 중요하다. 잊어야 산다. 하나님께 잊는 힘을 달라고 기도한다. 용서는 잊는 힘이다.

성령은 하나님 자녀의 인감 증명서

†

생활지원 센터에 인감을 발급받으려 해도 신분증이 필요하다. 투표할 때도 신분증이 필요하다. 신분증은 자신이 누구임을 나타낸다. 하나님 자녀 신분을 나타내는 것은 성령이다. 성령은 하나님 자녀라는 신분증이다. 성령은 하나님 사람인지를 명징하게 보여준다. 인감 증명서는 자신이 누구인지를 증명하는 도구다. 성령은 하나님 자녀의 인감 증명서다. 하나님의 사람인지 명확히 보여주는 기준은 성령이 우리 안에 계시냐 아니냐에 달려 있다. 성령이 삶과 말 그리고 행동을 통해 역사하실 때 하나님께 속한 사람임을 분명히 삶 속에서 드러낸다. 성령은 바람처럼 눈에 보이지는 않으나 우리는 바람처럼 성령의 존재를 분명히 느낀다. 보이지 않은 바람이 나뭇잎을 흔들고 배의 돛을 밀어 움직인다. 성령은 삶의 기초를 세우고 지탱해 주시는 중요한 하나님 영이다. 성령은 삶을 인도하고 변화시키며 하나님 뜻을 이루게 한다.

내가 주는 물을 마시는 자는 영원히 목마르지 아니하리니 내가 주는
물은 그 속에서 영생하도록 솟아나는 샘물이 되리라   요 4:14

예수님은 수가성 여인에게 우물물은 마셔도 다시 목마르다고 말씀하신다. 예수님께서 주시는 물이 영원히 목마르지 않고 영생하도록 솟아나는 샘물이라고 말씀하신다. 영적 갈증을 해소할 수 있는 유일한 해결책은 성령의 충만함이다. 영원히 목마르지 않은 성령 충만함이 있기를 소망한다. 인생 갈증이 해소되기를 기대한다. 인생의 깊은 문제와 틈새 그리고 고난에 영원히 목마르지 않은 생수를 공급받기를 소망한다. 성령 신분증을 갖고 있으면 수가성 여인처럼 물동이를 던져버리고 남들에게도 영원히 목마르지 않은 샘물 되신 예수님을 알린다. 한 생명이라도 더 주님 앞으로 이끌고 그런 확신과 믿음을 주는 것이 성령이다. 땅끝까지 이르러 내 증인이 되라고 하신 예수님의 지상명령을 따르는 힘은 성령 충만함에 있다. 삶의 고난을 이기는 길은 성령의 충만한 신분증을 계속 소유하는 것이다. 일상에서 마음의 지갑에 성령 신분증을 계속 갖고 다니는 것이다. 위기의 순간마다 성령 신분증을 꺼내서 보여주면 된다. 성령이 충만하다는 것은 하나님과 막힘이 없다는 것이다. 기도가 막힘이 없는 것이 성령의 충만함이다. 큰 산 같은 고난도 작게 보이는 것이 성령의 충만함이다.

성령이 친히 우리의 영과 더불어 우리가 하나님의 자녀인 것을 증언
하시나니

롬 8:16

성령은 그리스도인에게 하나님 자녀라는 사실을 영적으로 확신시켜 주시는 분이다. 이 확신은 단순한 지적인 동의나 이해를 넘어 깊은 영적 체험과 내면의 확신으로 이어진다. 성령은 또한 우리의 삶 속에서 날마다 솟는 목마르지 않은 샘물이다. 이 샘물은 우리를 신선하게 유지하며 삶이 시들지 않도록 한다. 성령 충만은 교회뿐만 아니라 가정과 학교 그리고 직장 등 삶의 모든 영역에서 탁월한 능력과 성품으로 드러난다. 세상에서 많은 사람에게 좋은 평가와 신뢰를 얻어 세상에 선한 영향력을 미치게 된다. 성령 충만 여부를 확인할 수 있는 리트머스 시험지는 기도다. 성령께서 우리 안에 역사하실 때 기도는 생동감과 깊이를 가진다. 하나님과 관계는 더욱 친밀해진다. 항상 성령 충만하여 하나님과의 소통이 끊임없이 이루어지기를 간절히 소망한다. 성령의 은혜로 삶이 충만히 채워지고 모든 자리에서 하나님의 영광을 나타내는 도구가 되기를 소망한다.

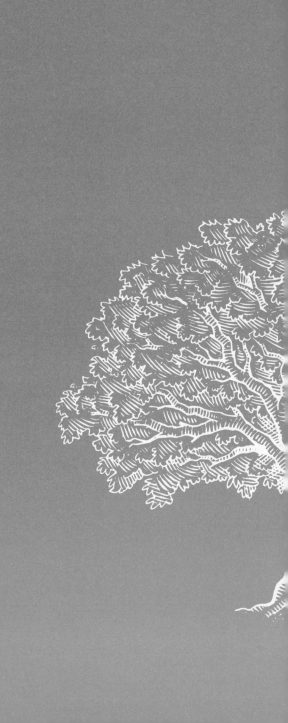

호흡 넷

선교 가운데
숨 쉬는
하나님의 은혜

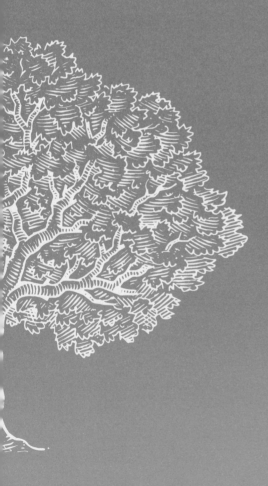

아파도 해외 선교 간다

†

　무거운 짐은 하나님께 맡긴다. 선교지 현지에 드릴 후원 물품을 준비하면서 정말 많이 놀란다. 다들 이렇게 열정적으로 준비하고 차근차근 처리되는 것에 감동한다. 지인들로부터 후원받은 물품과 다양한 후원품을 각자의 캐리어와 상자에 포장한다. 정확하게 23kg을 맞춘다. 후원품이 넘치다 보니 12개의 상자에 다 들어가지 않는다. 남는 물품들은 다음 해외 선교팀에 건넨다. 집사님들의 열정이 정말 대단하다. 하나라도 더 가지고 가려는 눈물겨운 사투다. 드디어 12개의 상자가 다 포장되었다. 개인 짐은 옷가지 몇 개만 포장해서 백팩에 가져간다. 공항에 트럭으로 후원 물품을 싣고 간다. 비행기 표를 받으며 모든 짐을 항공사에 맡겼다. 짐을 맡기고 나니 마음이 한결 가벼워졌다. 맡긴 짐에 대해 더 이상 걱정하지 않듯 우리 삶의 무거운 짐은 예수님께 맡긴다. 수고하고 무거운 짐을 예수님 대신 항공사에 맡겼다. 여섯 시간의 비행 끝에 선교지 공항에 도착했다.

　현지에서 후원품은 아주 귀하게 사용이 되었다. 옷이 사용감이 있어서 걱정했는데 현지에서 꼭 필요한 물건들이다. 워낙 경제 사정이 좋지 않아 입던 옷도 귀하다. 아파도 해외 선교는 간다. 선교 당일부터 컨디션이 좋지 않았다. 5일간의 해외 여정을 대비해 출발 전부터 여기저기 몸을 정비한다. 세월이 흐르다 보니 쉬는 날이면 병원을 순례하는 일이 일상이다. 교회에서 가까운 이비인후과에 갔다. 코로나 이후에 후유증으로 축농증이 심하게 생겼다. 상태가 좋지 않은 것을 감지했지만 간단히 약만 받고 11시 약속 시간에 맞춰 가려고 했다. 의사 선생님이 코 상태가 상당히 안 좋아 CT를 찍어보자고 한다. 부디 문제가 없기를 바랄 뿐이다. 의사 선생님이 결과를 보시고 상태가 상당히 안 좋다고 말씀하신다. 반복해서 안 좋다고 이야기하시니 마음이 조금 불안해진다. 선교지로 5일간 떠날 예정이라 약만 지어달라고 말씀드린다. 약을 받고 나왔는데 호흡이 불편해지기 시작한다. 짐을 맡긴 후 비행기를 탔는데 고도가 높아져서인지 호흡이 아주 불편하다. 비행기 안에서 하나님께 기도한다.

하나님 제가 아프면 현지에서 짐이 됩니다. 5일만 버티게 해주세요. 주님의 은혜 가운데 버티고 돌아오게 해주시옵소서. 하나님 해외 선교는 아파도 갑니다. 선교지에서 죽지만 않게 해주시옵소서. 저는 죽어도 상관없으나 죽으면 짐이 되니 5일만 버티게 해주시옵소서. 선교지에 하나님의 꿈을 위해 심기 위해 떠나오니 버티게 해주시옵소서.

비행기 밖을 보니 구름이 보인다. 왼쪽 구름은 수직으로 서 있다. 오른쪽 구름은 해가 지니 붉은 구름이 된다. 하나님은 이번 해외 선교 가운데 구름 기둥과 불기둥으로 지켜주신다는 확신이 든다. 구름 기둥과 불기둥 사이를 선교지 국적 항공기가 지나가는 것을 보며 하나님께서 지켜주실 것으로 믿고 간다. 비행기에 탔으니 되돌아갈 수도 없다. 비행기 안에서 호흡 고통을 겪으며 선교사님 부부를 생각한다. 작년과 올해에 두 분이 몸이 아프셔서 매우 힘드셨다. 증상이 심해서 선교지 병원에서 진단해도 원인을 알지 못했다고 한다. 현지에서 아프셔서 얼마나 힘들까? 상태가 심하면 비행기 타고 한국으로 돌아와야 하는데 비행기 안에서 얼마나 고통스러웠을까를 생각하면 마음이 아프다. 선교사님은 마지막 날에도 우리에게 성전 관리를 잘하라고 신신당부하신다. 건강 관리를 잘하시라는 게 우리가 세 분 선교사님께 드리고 싶은 말이다. 부디 몸을 잘 관리하셔서 선교지에서 선교사님이 아프지 않도록 기도를 드린다. 드디어 선교지 공항에 내린다. 입국 과정에서 검사에 걸리기는 했지만 소중하게 준비해 온 모든 물건을 잘 지켜냈다.

선교지 공항에 내리니 습도가 높다. 비가 내린 후다 보니 호흡이 훨씬 수월해진다. 습도가 높으니 숨 쉬는 것은 좀 더 좋아진다. 선교사님을 반갑게 만나니 아픈 것들이 많이 회복된다. 선교지에 도착하니 몸이 살아난다. 선교지는 고향에 온 기분이다. 낙후된 나라이지만 고향에 와서 친구를 만나는 것 같이 정겹다. 세 분의 선교사님이 마중 나오셨다. 반가운 만남이다. 누군가 우리를 환영해 주니 스타가 된 기분이다. 손흥민 선수가 공항을 나오며 환영을 받는 것보다 더 귀한 환영이었다. 늦은 밤에 마중을 나오신 세 분 선교사님께 감사드린다. 이렇게 선교지에서 첫 밤은 반가운 만남과 설렘으로 시작이 되었다.

3박 5일 선교를 마치고 돌아오는 날 진료를 받기 위해 이비인후과에 다시 들렀다. 5일 전보다 상태가 호전되었다. 의사 선생님께서 끝까지 치료해서 완치하자고 하신다. 우산이 없는데 비가 내린다. 손에는 지인들에게 줄 선물이 들려 있다. 마음에는 선교에 대한 꿈이 담겨 있다. 소나기를 맞으며 젖은 옷을 입고 전철을 타지만 기쁨으로 마음이 충만하다. 아이들의 눈망울을 잊지 못해 아파도 해외 선교는 간다. 현지 교회에서 부른 찬양이 계속 귀에 머문다. 같이 부른 찬양을 잊지 못한다. 하나님께서 선교를 통해 모든 이에게 은혜를 넘치도록 부어주셨다.

선교지의 가장 아름다운 별

✝

    토요일에 선교지 교회에 들러서 선교 개황에 대해 청취한다. 선교사님께서 귀한 강의를 해주시고 다른 선교사님은 정성껏 음식을 준비해 주셨다. 망고를 현지에서 먹으니 맛이 더 특별하다. 귀한 두리안도 먹었다. 두리안은 서울에서 먹으려면 비싸서 손이 가지 않는다. 냄새가 고약해서 묵고 있는 숙소에서 반입을 금지한다. 냄새와 상관없이 귀한 음식이다 보니 감사하게 잘 먹는다. 두리안은 한 집사님께서 유일하게 드시지 못하는 음식이다. 밖에서는 요란한 기계가 돌아가는 소리가 들린다. 나라가 혼란스러운 상황이라 자주 정전되어 자체 발전기를 돌려 전기를 공급한다. 흔들리는 연약한 형광등 불빛 아래에서 발표 자료를 본다. 지금 선교지 기름값이 엄청 비싸니 발전기 돌리는 것만으로도 귀한 헌신이다.

    교회와 기숙사도 둘러본다. 선교지는 쌀을 삼모작할 수 있는 세계적인 쌀 생산국이다. 현지에서 선교 기간 쌀국수를 많이 먹었다. 쌀이 푸석하기는 하지만 그런대로 먹을 만했다. 선교사님 부부가 인생의 삼모작을 하고 계신다고 생각했다. 일모작은 삶의 현장에서 최선을 다해 싸워 일하셔서 성과를 거두셨다. 이모작은 선교지에 오셔서 척박한 땅을 갈아 하나님 말씀으로 복음의 씨앗을 뿌렸다. 복음 생명나무가 조금씩 자라나고 있다. 언젠가는 선교지도 거대한 하나님 숲이 될 것이다. 선교사님의 삼모작은 책도 읽고 글도 쓰시면서 편안한 삶을 사셨으면 좋겠다. 선교사님의 남은 삶은 몸을 추스르고 편안하게 삶을 사셨으면 좋겠다. 선교사님의 삼모작을 응원한다.

선교지는 여자가 우선인 나라이다. 제조업이 많지 않다 보니 남자들이 일할 일자리는 많지 않다. 여자가 경제생활 주체가 되어 생활해 나간다. 남자는 일거리가 없으니 껌을 씹거나 마약을 하는 경우가 많다. 정상적인 남자라도 일할 곳이 없는 현실은 답답할 것이다. 선교지 사람들에게 성공할 수 있는 유일한 길은 영어를 배워 영국, 일본, 한국 등으로 유학을 가거나 일을 하러 나가는 것이라고 한다. 그날은 온 가족이 공항에 나와서 배웅한다. 우리가 흔히 접하는 공단의 외국인 노동자는 선교지 나라에서 엄청난 투자와 노력을 통해 키워진 소중한 인재다. 여자가 경제권을 갖게 되면서 아이를 낳은 후 무능한 남편을 버리고 이혼하는 사례가 많아지고 있다고 한다. 선교지는 전형적으로 여성 중심의 모계사회다. 방문한 교회에서 어린이들이 얼굴에 하얀 분칠을 한 것을 보았다. 얼굴에 바른 타나카는 일종의 선크림 역할이다. 타나카는 미용용으로 사용되어 다양한 디자인과 패턴으로 얼굴에 바른다. 예쁜 얼굴에 왜 저렇게 칠했는지 이해하기 어렵긴 하다.

선교사님은 마태복음 20장에 나오는 오후 5시의 품꾼 말씀을 붙잡았다고 한다. 비록 늦게 선교사를 시작했지만, 하나님 나라의 확장을 위해 헌신을 다짐했다고 한다. 선교 주체는 하나님이시고 성령님이시다. 선교는 한 영혼을 하나님 빛 영역으로 가져오는 것이다. 선교지에서 시행하는 제자훈련 주체도 성령님이시다. 선교는 관계를 맺고 복음을 전하고 변화시키며 선교사가 떠나도 사역이 지속돼야 한다. 선교사님을 보면서 그루터기 신앙 같다고 생각한다. 좋은 조건으로 편하게 사실 수도 있었지만 힘든 삶을 선택했다. 선교사님은 고난이 오더라도 끝까지 자리를 지키시는 그루터기 신앙인이다. 선교사님이 여생 동안은 편한 삶을 선택하시길 기도한다.

선교사는 방문자이기에 언젠가는 떠난다. 선교사가 떠나는 조건은 자립, 자치, 자정의 세 가지다. 자립은 선교지 교회가 스스로 재정을 관리하는 것이다. 자치는 선교지 교회가 스스로 예배를 드리는 것이다. 자정은 선교지 교회가 스스로 거룩함을 유지하는 시스템을 갖추는 것이다. 이 세 가지를 갖추었을 때 비로소 선교사가 떠날 수 있는 조건이 충족된다. 선교사의 첫 발자국은 관계 맺기다. 선교는 양적으로 판단해서는 안 된다. 예수님을 믿는 것은 고난으로 가는 것이다. 영혼 대 영혼으로 섬기며 선교해야 한다. 선교는 내가 하는 것이 아니라 하나님과 성령님이 하시는 것이다. 선교사님도 탈진이 올 때가 있었다고 한다. 선교사님은 심적으로 힘들었을 때 무수히 떨어지는 별을 보러 갔다고 한다. 가장 아름다운 별을 보려면 가장 깊은 밤으로 들어가야 한다. 선교는 아름다운 별을 보기 위해 낯선 곳으로 깊이 들어가는 것이다. 별들이 무수하게 떨어지는 호숫가에서 하나님께 기도할 때 "네가 선교지 사람을 위해 울어본 적이 있느냐"라는 하나님의 음성을 듣고 선교사님은 깨지셨다고 한다. 그 후에 선교를 다시 시작할 힘이 생겼다고 한다. 선교사님은 선교는 내가 하는 게 아니라 하나님이 하시는 것이라고 말씀하신다. 숫자가 중요하지 않고 단 한 사람이 중요하다고 말씀하신다.

점심 식사 후 교회로 지어질 곳에 땅 밟기를 간다. 우기인데 비는 많이 보지 못했다. 한없이 시골로 들어간다. 습도가 높아 옷이 잘 마르지 않으니 기찻길 위에 빨래들이 널려있다. 수도를 떠나 외곽으로 갈수록 우리나라 60년대를 연상케 한다. 남자들은 대부분 웃통을 벗고 있고 다 마른 체형이다. 퀭한 눈빛을 보인 남자들은 불량하게 생긴 사람들도 있고 다 담배를 피우고 있다. 들녘은 쌀인지 풀인지 푸르다. 어느 시골 모퉁이에 있는 교회 땅에 도착해 그 땅을 보며 기도했다. 반드시 교회가 지어질 것으로 믿는다. 이곳이 아이들을 위해 교육의 장소로 잘 활용되고 복음을 전파하는 곳이 되어달라고 기도한다. 옆에는 중학교가 있어서 방과 후 아이들의 교육활동으로 이용하면 좋은 곳이다. 그새 이웃 할머니는 돌아가셨다고 하고 할아버지가 나오셔서 우리를 반기신다. 동네 아이들이 신기한 눈으로 우리를 쳐다본다. 선교지에는 개들이 많아서 길가에 개 배설물이 여기저기 널려있다. 자연 그대로의 모습이 그대로 드러나는 풍경이다.

뜨거운 기도에서 희망을

✝

> 주님 아침 일찍 일어났습니다. 오늘도 주님의 뜻을 찾아 살게 해주시옵소서.
> 하나님 뜻 가운데 살게 해주시옵소서. 새벽 비가 내립니다. 빗소리가 들립니
> 다. 습도는 높습니다. 어제는 선교지 아이들 눈빛을 보았습니다. 간절한 눈빛
> 을 보았습니다. 그들 눈을 보며 희망을 보았습니다. 아이들이 행복하다고는
> 하지만 왠지 쓸쓸한 모습입니다. 암 덩어리처럼 박혀있는 불교의 깊은 신앙
> 을 서서히 뽑아내 예수 그리스도의 복음이 퍼지게 하여 주시옵소서.
> 예수님 씨앗을 뿌려지게 하여주시옵소서. 주님의 은혜 가운데 이 선교의 사
> 역이 잘 이어가게 하여주시옵소서. 복음의 샘물이 흘러 씨앗이 자라고 나무
> 가 되어 하나님 숲이 되게 하여주시옵소서. 선교지 땅에 복음의 물줄기가 흐
> 르게 하여주시옵소서. 오늘도 방문하는 신학교와 교회에 좋은 관계를 맺게
> 해주시옵소서. 그들의 마음을 좀 더 알게 해주시옵소서.

방문한 선교지 신학교에서 예배 중 드려진 뜨거운 기도 속에서 희망을
발견한다. 우리는 40여 명의 신학생 앞에서 〈주 품에〉와 〈약할 때 강함되

시네〉를 선교지 언어로 암송하며 찬양한다. 목사님은 요한복음 2:1~12 말씀을 전하셨다. 혼인 잔치에서 포도주가 떨어졌다. 결핍의 해결자는 오직 예수 그리스도뿐이다. 하나님은 이 순간 어떤 삶의 문제 속에서 역사하고 계신다. 예수님의 기적과 능력은 과거에 머물지 않고 지금 우리의 삶 속에서도 여전히 역사하고 계신다.

주여! 우리를 불쌍히 여겨주시옵소서. 주여! 우리를 긍휼히 여겨주시옵소서. 말씀이 끝난 후 40여 명의 신학생과 우리는 같이 기도한다. 습도가 높아 옷은 젖고 땀이 흐르기 시작한다. 함께하는 기도는 습도를 타고 하나 된다. 기도 가운데 성령의 기름 부음뿐만 아니라 습도의 기름 부음으로 하나 되었다. 뜨겁게 기도하는 신학생들을 보며 그들이 찾는 하나님과 우리가 찾는 하나님이 같음을 깨닫게 된다. 신학생들이 뜨겁게 기도하는 모습을 보면서 선교지에 하나님 나라가 확장되는 희망에 가슴이 벅차오른다. 언어와 외모는 달라도 성령 안에서 하나가 되었다. 선교지 신학생들은 지치지 않고 뜨겁게 기도한다. 그들이 갈구하는 하나님과 우리가 부르짖는 하나님은 같아 반드시 응답해 주실 것을 믿는다.

하나님께 기도하면서 꿈을 위해 기도한다. 꿈 너머 사명을 위해 기도한다. 신앙 서적을 낼 수 있는 능력을 달라고 기도한다. 하나님 나라 확장을 위해 문서 선교를 할 수 있는 비전을 달라고 기도한다. 밖에 나가 보니 축구장은 실내로 지어놓아서 마음껏 공을 찰 수 있다. 선교지는 축구가 최고 인기 스포츠다. 공 차는 모습을 보니 발재간이 아주 좋다. 축구 좋아하는 집사님은 현지 신학생과 같이 축구를 한다. 식사 후에 숙소를 지나가다 보니 군대 내무반처럼 있고 아이들이 성경을 보고 있다. 여자 기숙사도 별도로 있어 잘 지어놓았다. 선교사님의 사역은 '가서 제자 삼으라'이다. 제자인 것과 아닌 것의 구분은 번식력이 있느냐이다. 예수님은 제자들을 가르치시고 훈련하셨다. 선교는 선교사가 씨뿌리고 물주고 먼 훗날 열매를 따는 것이다. 선교사는 선교지에 눈물로 선교의 씨앗을 심는다. 신학생들이 예수님의 제자로 성장해서 선교지에 말씀 전하는 사역자가 되길 기도한다.

하얀색 국물 봉지

✝

선교지 한 교회에 주일 예배를 드리러 간다. 선교지에서 교회가 허가가 나지 않아 십자가를 달지 못한다. 차에서 내려 말하지 않고 조용히 한 교회로 향한다. 삼삼오오 짝을 지어가며 동네 사람들에게 교인이 아닌 것처럼 했다. 마을 풍경은 아이들이 뛰어놀고 있는 시골 마을이고 조용하다. 바짝 마른 아이들이 뛰어오며 신기한지 우리를 쳐다본다. 아이들 표정이 천진난만하다. 방문한 교회는 평온했고 아름답게 지어졌다. 교회에 가서 아이들에게 나누어줄 풍선을 불기 시작한다. 풍선을 보니 아이들이 무척 좋아한다. 아이들이 풍선 앞으로 몰려온다. 앉아서 아이들 눈높이에서 눈동자를 보니 참 아름답다. 분홍색 풍선을 불어주었는데, 계속 불어달라고 보채며 간절하게 쳐다보는 아이가 있다. 풍선 만드는 손이 부족하다. 풍선을 달라는 아이들 눈빛을 보니 너무나 아름답다. 어린 영혼들이 있는 선교지 땅에 복음 씨앗이 뿌려져 열매가 맺히고 신앙 숲이 되길 기도한다.

풍선 소문을 듣고 동네 아이들 열다섯 명 정도가 더 몰려왔다. 전화기도 없는데 아이들끼리의 자체 통신망이 빛처럼 빠르다. 아주 작은 아이들이 풍선을 달라고 한다. 풍선을 보고 너무 좋아하는 어린아이들 눈망울을 잊어버릴 수 없다. 즐거워하는 아이들을 바라보니 가슴이 뭉클해진다. 교회를 세우고 움직이기까지 애써주신 선교사님 세 분의 헌신이 아름답다. 앞으로 국내로 복귀하면 선교지에서 온 청년들에게 아주 잘 대해줘야겠다. 국내에서 일하시는 동남아 외국인에 대한 선입견은 이제 버렸다. 유치부 예배에서 밤새워 연습했던 특송을 모두 외워서 했다. 외워서 특송을 부르니 더 은혜가 있었고 가사가 선교 기간 내내 계속 귀에 맴맴 돈다. 아이들은 예배 후 가족들과 먹을 일용할 양식 하얀색 국물 봉지를 들고 집으로 갔다. 마치 하얀 국물을 보물처럼 들고 기뻐하는 모습이다. 내가 언제 저렇게 기뻐서 들뜬 적이 있었던가 생각해 본다. 국물 한 봉지가 그들에게는 희망처럼 보인다. 노란색 국물이 든 하얀색 비닐봉지를 들고 가는 모습을 보며 과연 이것이 지금 시대에 기뻐할 일인지 곰곰이 생각해 본다. 내가 얼마나 풍요 속에 살고 있는지를 생각하게 된다.

본 예배 시간에 현지인과 같이 예배드린다. 찬양팀이 준비 찬양하는데 여자분 음색이 참 아름답다. 말이 통하지 않아도 성령으로 하나가 되어 은혜의 감동을 몰려온다. 선교지 사람들은 예술적 재능과 잠재력이 좋다. 선교지 목사님은 히브리서를 현지어로 설교하셨는데 일부만 알아듣는다. 현지 언어로 현지 사람들과 같이 예배드리는 것이 은혜다. 찬양, 기도, 말씀으로 성령의 기름 부음이 있는 예배가 된다. 말이 통하지 않은 서로 다른 사람끼리 예배를 드린다. 천사가 우리 곁에 머물며 같이 예배드린다. 언어는 통하지 않아도 같은 하나님 안에 성령으로 하나가 되어 같이 예배를 드린다. 선교사님은 예배를 드리기까지 교회를 세우고 현지인 목사를 키우고 예배드리는 사람을 모으고 하는 일들에 어려운 일이 많았다. 선교사님께서 현지에서 험난한 삶을 살아가며 준비해 놓으신 교회의 모습을 보니 깊은 존경심이 절로 나온다. 말씀은 간헐적으로 조금씩 들린다. 현지인 사람들과 같이 예배드리는데 성령의 바람이 불고 하나님이 함께하신다.

> 하나님 이 시간 모두 하나가 되어 하나님의 음성을 듣게 하여주시옵소서. 성령님 다른 언어라 할지라도 듣는 능력을 주시옵소서. 천사가 함께하고 성령이 지켜주시길 기도합니다. 예수님이 내 인생의 유일한 해답임을 다시 고백합니다.

예배 후에 현지 교회에서 귀한 음식을 대접해 주셨다. 이곳에서도 특별한 날이 아니면 먹기가 힘든 두리안 과일로 귀한 대접을 받았다. 쌀국수와 귀한 과일을 대접해 주신 분들에게 감사드린다. 점심 메뉴는 선교지 쌀국수였는데 민물고기를 24시간 솥단지에 걸어놓고 국물을 만들었다. 그들로서는 최고의 대접이었다. 식사 후 과일도 다양하게 나왔다. 식사하는 동안 그 정성이 그대로 느껴졌다.

밥을 먹는데 밖에 소나기가 내리기 시작한다. 나의 눈에도 눈물이 흘러 내린다. 밖은 초록으로 채색되었고 동네는 고요하다. 여름에 동네 잔칫집에 온 풍경이다. 현지 목사님이 방황하실 때 붙잡고 기도했던 선교사님의 노력이 생각난다. 방황했던 현지 목사님이 성장해서 교회를 이끌어가고 있고 우리는 그분의 극진한 환대를 받았다. 전혀 다른 사람끼리 하나님 안에서 하나가 되는 역사를 경험했다. 돌아오는 길에 갑자기 비가 내리니 웅덩이가 생겼다. 행복해 보이는 아이들이 진한 황토색 물 안에서 줄로 간이 네트를 쳐놓고 즐겁게 배구하고 논다. 그런데 아이들에게 예수 그리스도 안에 있는 것이 진짜 행복임을 믿게 해주고 싶다. 아무리 행복 지수가 높아도 예수님 없는 행복은 일시적이다. 예수님 안에 있으면 행복이 영원하다고 이야기해 주고 싶다. 천진난만한 아이들의 행복 목적지가 예수님이 되길 기도한다.

척박한 땅에도 꽃은 피고

✝

현지 다른 교회에 방문한다. 차창 밖으로 어린 승려들이 맨발로 줄지어 걸어가는 모습을 보인다. 표정이 모두 어둡고 미소가 없고 우울한 눈빛이다. 머리는 부스러기 같은 것들이 있고 기쁨이 없어 보인다. 어린 영혼들이 하나님의 품으로 오기를 기도한다. 방문한 교회의 목사님께서 코로나 이후로 건강이 잘 회복되지 않아 매우 아프신 상태다. 얼굴빛도 건강해 보이지 않아 걱정된다. 교회는 초창기에는 바나나 집이었지만 지금은 시설을 잘해놓았다. 교회학교는 부흥해서 아이들이 많이 교회에 예배드리러 온다. 거기서 잠깐 이야기를 나누고 다음 교회로 향했다. 기숙사로 시작했는데 교회가 되어 사람을 키워 인재를 양성하고 있다. 선교지는 교육열이 높아 영어 공부 배우는 것을 최고의 성공으로 여긴다. 방문한 교회에서는 영어를 가르치고 유치원도 있어 교육을 통해 사람을 키운다. 교회는 영어 배우는 데 목숨을 거는 현지인에게 영어를 가르친다. 선교는 사람이 제일 중요하다. 현지 교회들이 자립하지 못했으므로 꾸준한 물질 공급이 필요해 돈도 중요하다.

눈물의 수도꼭지다. 마지막 날 저녁은 중국집에서 식사했다. 중국 음식을 맛있게 먹고 나서 서로 소감을 나눈다. 세 선교사님의 삶은 그루터기같이 남은 자 신앙이다. 어떤 시련이 오고 비바람이 불더라도 끝까지 남아 있는 그루터기 신앙이다. 선교사님을 보면 그동안 수고하심에 눈물이 난다. 선교지 어린아이의 눈망울을 볼 때 눈물이 난다. 우리는 식사하면서 서로의 소감을 나눴다. 선교 첫날부터 모두 울더니 마지막 날까지 모두 운다. 나는 산전, 수전, 공중전 다 겪어 눈물이 마른 줄 알았는데 험한 선교 현장을 직접 보니 나 같이 메마른 사람도 눈물이 난다. 13명 남자는 모두 틀면 나오는 눈물의 수도꼭지다. 눈물이 나와 한참 동안 마음을 진정시켜야 했다. 마지막 날 숙소 로비에서 공항으로 가기 전 잠깐 모여 말씀을 나눈다.

선교사님은 우리에게 일상에서 거룩함을 잊어버리지 말고 풍요를 경계하며 살아가라고 권면하신다. 선교사님은 일상에서 하나님을 잊지 말고 살아가며 거룩한 삶을 공유하며 살아가는 삶이 되라고 말씀하신다. 풍요의 함정에 빠지지 말고 한계를 지키며 거룩한 절제를 통해 하나님의 뜻으로 살아가야겠다. 거룩한 일상을 유지하고 풍요 속에 무너지지 않도록 거룩한 삶을 살아간다. 한 선교사님은 나에게 성전 관리를 잘하라고 신신당부하라고 하신다. 우리가 선교사님들에게 드리고 싶은 말씀이다. 부디 먼 타국에서 세 분 선교사님이 건강 잘 챙기시길 기도한다. 공항을 배웅하시며 우리의 짐을 끝까지 옮기려는 선교사님에게 감사드린다. 우리는 마지막 배웅해 주시는 선교사님을 안았다. 선교사님 품은 예수 그리스도 품에 안기는 느낌이다. 어머님의 품에 안기는 느낌이다. 세 분 선교사님 모두 아프지 않고 건강한 노년을 보내시면 좋겠다.

이제 아이들의 눈망울이 잊히지 않는 선교지 땅을 떠난다. 선교지 땅에 하나님 역사가 일어나도록 기도한다. 척박한 땅에도 꽃은 핀다. 해외 선교 이후의 삶에 대해 생각해 본다. 선교를 다녀오며 선교지를 향해 주기적인 기도와 후원을 하는 것으로 마음을 먹는다. 선교지 선교에 대한 꿈을 꾸기 시작했다. 척박한 선교지에 나갈 용기와 건강은 없지만 간접적인 선교는 할 수 있다. 비록 소액이지만 후원금을 드리면 선교사님이 안정적으로 복음을 전파하실 수 있다. 꾸준한 후원을 통해 선교지에 하나님 나라 확장에 조금이나마 도움이 되고자 한다. 신앙 서적을 통해 하나님을 알리는 선교를 계속하고 싶다. 문서 선교를 통해서 하나님 나라를 확장하며 나가길 소망한다. 하나님 사랑을 글로 표현하며 세상을 변화시키는 일을 하고 싶다.

정성스럽게 쓴 글이 세상 전체가 아니라 적어도 주위 사람 몇 명에게는 나누어 줄 수 있는 선한 영향을 줄 수 있다. 글 쓰는 능력을 달라고 하나님께 매달린다. 선교지는 경제가 열악해 정전이 자주 발생하고 경제는 몰락해 가고 있다. 거리는 빈곤한 모습이 그대로 보이고 정치가 불안하다.

우울한 선교지에도 빨간 꽃은 피어난다. 차창 밖으로 가로수를 보니 척박한 땅이지만 빨갛게 아름다운 꽃이 핀다. 초록색에 어울려 매혹적인 빨간색 꽃이다. 선교지는 척박한 땅에서 복음의 꽃들이 아름답게 피어나고 있다. 하나님이 만드시는 역사적인 복음의 물꼬를 아무도 막지 못한다. 선교사님은 숫자가 중요하지 않고 한 영혼이 중요하다고 누누이 강조하신다. 단 한 영혼이라도 온전하게 주께 돌아오는 것이 중요하다고 말씀하신다. 불교가 깊이 스며든 곳이지만 한 영혼에 하나님 사랑을 전한다. 선교지에 하나님 나라는 계속 확장된다. 선교는 삶을 역동적으로 만든다. 지금 삶의 현장으로 떠난다. 선교를 다녀온 후 닻이 아니라 돛을 선택한다. 물결과 위험과 파도에 몸을 맡기고 새로운 바람을 맞으며 역동적인 삶의 현장으로 나간다.

마당에 감꽃은 떨어지고

✝

7월 초에 국내 선교 갈 선교지에 있는 교회에 필요 사항 파악을 위해 미리 사전 답사를 다녀왔다. 서울 교회에서 대략 230km 정도 되고 2시간 30분 거리다. 여덟 명이 함께 승용차 두 대로 나눠 타고 간다. 새로 산 차는 하나님 나라 확장을 위해 차는 닳아질 때까지 사용하는 것이 목적이다. 오늘 하루 주행거리를 보니 450km 되고 운행 시간만 6시간이 넘는다. 그런데 오고 가는 길이 하나도 막히지 않았다. 날씨를 너무 좋게 해주신 하나님의 은혜에 감사드린다. 하늘은 무척 맑고 길가에는 노란 국화꽃이 피었다. 논에는 모내기를 이제 막 끝냈다. 밭에는 사과나무가 푸르고 오미자가 덩굴을 타고 자라기 시작한다. 가난하던 농촌이 그나마 부유하게 살게 된 것은 오미자 농사 덕분이다.

미루나무는 초록으로 물들어 바람에 흔들리며 간헐적으로 은빛을 드러내며 춤춘다. 도롯가에 있는 가로수는 푸름으로 채색된다. 고불고불한 능선을 넘으니 선교지 교회가 보인다. 마을 앞에 운치 있는 느티나무에 기대고 한 손엔 스타벅스 커피를 들고 하늘을 쳐다보고 싶다. 느티나무 아래에서 사랑하는 사람을 기다리고 싶다. 예수님 만남을 고대한다. 느티나무는 평온함이다. 느티나무는 마을 중심이다. 느티나무는 그늘이다. 느티나무는 쉼이다. 느티나무는 푸름이다. 껍질 벗기기가 참 어려웠던 호두가 파랗게 익어간다. 지금은 호두 껍질 까는 방법이 많이 개선되었는지 모르겠다. 선교지 교회는 전형적인 농촌 마을에 자리하고 있다. 주변은 고즈넉하고 평온한 풍경으로 둘러싸여 있으며 농촌 특유의 따뜻한 정서가 스며든 곳이다. 이곳에서 교회는 지역 주민들에게 신앙뿐만 아니라 삶의 쉼과 소통의 장을 제공하는 중요한 공간이다. 이 교회가 지역 주민들에게 복음의 씨앗을 심어 복음화의 열매를 맺는 데 앞장서게 해달라고 간절히 기도한다.

교회 종탑 아래에는 빨갛게 익어가는 보리수 열매가 주렁주렁 매달려 있다. 보리수의 매끈하고 탄탄한 피부는 마치 오래된 교회 세월의 흔적을 거스르는 듯하다. 보리수는 피부과에 다니지 않아도 그 비결을 알고 있는 듯 늘 탱탱하고 빛이 난다. 보리수 피부 비결을 묻고 싶다는 생각이 든다. 빨간색의 은은한 빛을 품은 보리수 열매들은 마치 하나님의 섭리가 담긴 작은 예술작품이다. 방문한 교회가 이 지역에 복음화를 위해 자리를 지키고 있음에 감사하게 된다. 우리가 다음 달에 와서 해야 할 일은 노방전도와 할머니 집수리다. 교회에서 수리를 요청한 할머니 집에 가보았다. 교회에서 가깝지만, 허리가 굽은 90세가 넘은 할머니가 걸어오기에는 먼 거리다. 개량 집을 지나쳐 가니 아주 오래된 흙집이 하나 나온다. 우리가 이번 선교에 가서 수리해야 할 할머니 집이다. 마당엔 감꽃이 떨어져 있다. 노란 감꽃이 이웃 사랑의 길로 인도한다. 집에 가니 마당이 깨끗이 청소돼 있다. 아마 손님이 온다고 할머님이 청소를 해놓은 모양이다. 마당엔 감자가 심겨 있다. 한 달 뒤면 먹을 수 있을 것 같다.

감나무 밑에는 우리가 수리해야 할 화장실이 있다. 못 하나 박으면 바로 무너질 것 같다. 화장실 문이 없다. 돌 하나를 달아서 지붕을 지탱한다. 집은 낡은 흙집이고 뒤 안엔 감나무가 있다. 무너질 것 같은 집 안에서 허리가 굽으신 90세의 할머니가 나오신다. 눈도 치아도 건강해 보이지 않으신다. "도우려고 왔다"라고 말씀을 드리니 할머니께서 무척 반가워하시며 환한 미소로 우리를 맞아주신다. 집 안으로 들어가 보니 손봐야 할 곳이 한두 군데가 아니다. 우리가 1박 2일 안에 할 수 있을지 걱정이다. 놀랍게도 역할이 다 분담되어서 해야 할 그림들이 나오기 시작한다. 냉장고는 낡았고 연탄을 쓰다 보니 가스 샐 염려에 항상 걱정이다. 할머니는 새벽기도를 하루도 빠지지 않고 나오시는데 교회를 개척한 자녀를 위해 기도하신다. 허리가 좋지 않으셔서 네발로 기어서 교회에 오신다고 하시니 그 믿음과 헌신이 참으로 귀하고 감동적이다. 사람이 누추하면 멀리하게 된다. 할머니도 누추해 보이신다. 할머니가 낯설어 손을 못 잡아 드렸다. 할머니는 어쩌면 집수리보다 따뜻한 손이 필요했을지도 모른다. 그런데 나는 할머니 손을 잡지 못했다. 돌아와 보니 후회스럽다. 같이 가신 목사님은 할머니 손을 잡고 이야기를 나누신다.

목사님은 할머니와 대화하시며 손잡고 뜨겁게 기도하신다. 할머니를 위해 뜨겁게 기도하는 목사님을 보며 목자의 심정을 가지셨다고 생각하게 된다. 어느덧 밖에 있는 우리도 다 같이 할머니를 위해 기도한다. 그냥 고쳐 달라는 것만 고쳐주고 올 수도 있지만 그전에 앞서 할머니에 대한 따뜻한 마음이 더 중요했다. 나는 할머니는 보지 않고 우리가 수리해야 할 곳들만 보았다. 할머니 눈과 제대로 마주치지 못했다. 할머니와 대화하지 못하니 마음을 알지 못했다. 할머니 음성을 듣지 못했고 손을 잡아드리지 못했다. 반성한다. 한 달 뒤에 가서 할머니와 더 깊은 대화를 나눠야겠다. 우리가 가는 것은 수리도 목적이지만 사람을 보러 가는 것이다. 목자의 심정을 가지고 사람을 만나러 가는 것이다. 본 교회에 돌아온 후 할머니가 계속 생각나 할머니들 옆자리에 앉고 눈을 마주치려 노력한다. 할머니들은 이전과 다른 내 행동에 얼굴이 부담스러운지 피하신다.

훈련을 받는 중에 참여하는 국내 선교다. 우리는 이웃을 사랑하라는 하나님의 말씀을 실천하고자 한다. 이웃 사랑하는 것의 첫 번째는 그 이웃을 사랑하는 마음이다. 이웃의 마음을 아는 것이다. 다음에 우리가 현실적으로 도움을 줄 수 있는 부분들을 도왔으면 좋겠다. 선교를 왜 가는지에 대한 명확한 정의를 좀 더 깊이 생각해 본다. 다음에 배울 선교에 대해 어떤 내용일지 궁금함을 갖는다. 선교를 왜 가려 하는가? 훈련 과정에 포함되어 있으니 가는가? 그냥 다 가니 무의식적으로 가는 것은 아닌가? 스스로 다시 생각해 본다. 선교는 방문한 지역의 복음 확산과 사회적 봉사를 통해 하나님 나라를 세우는 중요한 사역이다. 우리는 선교지 교회에 하나님 나라를 세우는 일을 위해 힘차게 달릴 것이다. 지역사회에 복음 전파가 될 수 있도록 믿음으로 나아갈 것이다. 선교를 위해 매일 정오 기도회를 시작한다. 기도 가운데 우리의 마음이 깨지고 그 틈새로 하나님의 은혜가 흐르기를 기도한다. 성령 충만함이 깨진 마음에 흘러 은혜가 흐르기를 기도한다. 믿음의 훈련 공동체가 함께하는 선교에 하나님의 은혜가 넘치길 기도한다. 13명의 믿음의 동역자가 있기에 선교할 수 있다. 선교의 길 만드시는 하나님을 찬양한다.

아웃리치 현장에 불어온 성령의 새바람

✝

하나님, 우리의 선교활동이 성령 안에서 이루어지도록 도와주시옵소서. 성령님 안에서 모두가 겸손하게 하시고, 자신을 드러내지 않고 복음 전파의 목적을 위해 하나 되게 하옵소서. 우리의 자아는 모두 죽고 오직 성령의 힘으로 하나 되게 하여주시옵소서. 생각의 차이로 불협화음 없이 고요한 가운데 모든 사역이 진행되게 하여주시옵소서. 우리가 밟는 그 땅에 성령의 바람이 불어오게 하여주시옵소서. 성령의 새바람이 불어오게 하시고, 그 바람이 복음의 돛에 힘을 불어넣어 지역에 복음의 씨앗이 뿌려지게 하옵소서. 우리들이 뿌린 복음의 씨앗이 다음날, 아니 몇 년 후에 열매가 열릴지라도 담대하게 복음을 전하게 하여주시옵소서.

복음 전파는 모험입니다. 하나님 나라 확장을 위해 모험하게 하여주시옵소서. 하나님을 믿는 믿음으로 우리들이 온 마음을 던져 예수님 사랑을 알리기를 소망합니다. 우리가 선교하게 하지 말게 하시옵소서. 오직 성령이 운행하시며 선교하게 하여주시옵소서. 우리들이 힘이 아닌 성령 힘으로 복음 전하게 하옵소서. 올라오는 그날, 마음에 한없는 충족감을 느끼고 복귀하게 하여주시옵소서. 성령님의 인도하심으로 가는 곳, 아웃리치 활동이 하나님의 영광을 드러낼 수 있기를 기도합니다.

모든 활동이 주님의 뜻 안에서 이루어지고 주님의 사랑과 은혜가 넘치게 하옵소서. 주님의 마음을 닮아 모험하게 하여주시옵소서. 삶은 모험입니다. 아무것도 하지 않으면 아무 일도 일어나지 않습니다. 주님 영광을 위해 복음의 날개를 펴고 비상하게 하여주시옵소서.

이번 주에 아웃리치를 떠난다. 작년에 해외 선교 다녀오고 올해는 경상도에 있는 산골 마을에 있는 교회로 아웃리치 간다. 아웃리치는 특정한 목적을 가지고 사람들에게 다가가서 도움을 주거나 지원하는 활동을 의미한다. 아웃리치는 복음 전파, 사회 복지, 의료 서비스 제공 등 다양한 분야에서 사용된다. 사회 소외된 이웃들에게 실질적인 도움을 주며 그리스도 사랑을 전하는 중요한 사역이다. 복음 아웃리치는 그리스도인 사명 중 하나로, 예수 그리스도 복음을 널리 전파하고 하나님 사랑을 실천하는 활동이다. 단순히 교회 내에서만 머무르는 것이 아니라 교회의 벽을 넘어 지역사회와 더 나아가 세계 곳곳으로 확장된다. 복음 아웃리치는 믿지 않는 자에게 예수님이 살아계심을 믿어 하나님과의 관계를 맺는 행위다. 우리가 준비한 아웃리치는 집수리와 가정마다 방문하는 복음 전파다. 성공적인 복음 아웃리치를 위해서는 철저한 준비가 필요하다. 선교 준비 과정은 아래와 같이 여러 단계로 나눌 수 있다.

준비 하나, 기도를 통해 영적으로 무장해야 한다. 모든 아웃리치 준비의 기초는 기도다. 하나님께 지혜와 인도를 구하며 팀원들이 영적으로 준비될 수 있도록 출발 한 달 전부터 정기적으로 모임을 하고 함께 기도한다. 우리는 매일 정오 시간에 카톡으로 기도 제목이 올라오면 각자 삶의 현장에서 기도하는 시간을 가졌다. 매주 수요 예배 후에는 같이 손잡고 아웃리치 가운데 하나님 동행해 주시기를 간절히 기도했다. 성령께서 선교해 달라고 구체적인 기도를 했다.

준비 둘, 복음에 관한 성경 공부와 묵상을 통해 하나님의 말씀을 깊이 이해하고 내면화하는 과정이 필요하다. 13명 모두가 영적으로 신앙적으로 성숙한 상태에서 가야 한다. 복음 전파와 이웃 사랑에 관한 말씀으로 무장된 상태로 아웃리치를 가야 한다. 말씀을 기준으로 삼아 물꼬를 한 방향으로 모아갈 때 불협화음이 없다. 말씀 무장과 더불어 육체적인 컨디션도 최상의 조건으로 만들어야 한다. 감기 걸리면 전도 못 하고 선교에 가서 짐이 되면 안 되니 스스로 각 성전은 잘 챙겨야 한다.

준비 셋, 팀 구성 및 역할 분담은 명확히 한다. 팀원들은 각자의 은사와 재능을 바탕으로 역할을 분담하며 서로 협력하여 사역을 효과적으로 수행할 수 있도록 한다. 각자의 은사를 가장 잘 활용할 수 있도록 팀 구성을 해야 한다. 설사, 자기가 맡은 일이 눈에 띄지 않는 일이라 할지라도 빠지지 말고 팀 사역에 적극적으로 동참한다.

준비 넷, 선교지에서 필요한 물자들을 준비한다. 이는 복음 전파에 필요한 전도 용품, 책자, 의료용품, 생필품 등을 포함한다. 전도할 때 선물 리스트를 준비해서 전도 용품, 선물 등을 주면 현지 사람들은 무척 좋아하셨다. 도심에서는 쉽게 살 수 있는 것도 산골이다 보니 화장품 같은 것은 선물로 드리면 좋아하셨다. 동네 사람은 어느 집사님이 준비하신 식혜를 무척 좋아하셨다. 집수리 시에도 건축 자재 하나만 없어도 멈춘다. 못이 부족해도 멈추니 치밀하게 준비해야 한다. 맡은 팀 리더의 역할이 중요하며 꼼꼼하게 잘 챙겨야 한다.

준비 다섯, 아웃리치 현장에서 효과적인 사역을 위해 사전 교육과 훈련이 중요하다. 현지 사정 관습을 잘 알아 복음을 전파해야 한다. 목사님을 통해 동네 분들에 대한 정보를 어더 복음을 전할 수 있도록 한다. 사영리 복음을 전할 수 있도록 스스로 연습을 많이 한다. 보통 지역 교회에 가면 특송을 부르는데 가능하면 외워서 불러야 은혜가 된다.

준비 여섯, 현지 교회와 협력하여 사역을 진행하는 것이 중요하다. 우리는 현지 목사님을 통해 현지 필요와 상황을 정확히 파악하고 복음 전도할 때 그분이 어떻게 지내는지 등에 대한 정보들도 알아냈다. 한 달 전 답사를 한번 다녀오기는 했지만, 자세한 현지 사정은 잘 모른다. 현지 교회 목사님과 소통하며 현지 사정을 잘 알아서 정보를 공유하는 것이 중요하다. 나머지는 사역 중에 발생할 수 있는 다양한 상황에 대한 대비책을 마련한다. 국내 선교는 응급상황에 대비가 수월하지만 보통 낙후된 나라에 가서는 응급상황을 잘 챙겨야 한다. 나는 해외 선교지에 가서 축농증이 심해져서 고생을 많이 했다. 해외 선교 갈 때는 의료 담당자 역할도 크다.

복음 아웃리치는 그리스도 사랑을 세상에 전하는 중요한 사역이다. 선교 준비 과정에서의 모든 단계는 하나님 인도하심을 구하며 팀원 간의 협력과 헌신을 바탕으로 진행되어야 한다. 우리가 열심히 준비한 수고와 뜨거운 열정으로 전하는 복음을 통해 더 많은 사람이 하나님의 사랑을 경험하고 예수님을 영접함으로 삶이 변화되는 놀라운 역사가 일어난다. 이번 아웃리치를 통해 복음 받아들이는 자나 전하는 자나 모두 하나님의 은혜가 흐르기를 소망한다. 성령님께서 이번 선교를 인도해 주실 것을 믿는다. 우리의 가슴에는 마치 사도 바울처럼 뜨거운 복음의 불덩이가 타오른다.

무너진 성벽의 재건

✝

 아침 출근길에 좋아하는 꽃 중 하나인 나리꽃을 보았다. 나리꽃은 분홍빛 색깔이 예쁘고 곡선이 아름답다. 우물가에서 좋아하는 색깔인 보라색 도라지꽃을 보았다. 루디아는 자색 옷감 장수였고, 보라색 옷을 파는 비즈니스를 했다. 루디아는 자주색 옷감을 판매하는 사업을 통해 경제적 성공을 이루었다. 보라색 옷을 입은 여인을 보면 참 아름답다. 물론, 예외도 많이 있다. 교과서에 나오는 소나기의 소녀도 보라색을 좋아하는 애틋한 학생이었다. 두 학생의 이별을 보며 꽤 오랫동안 마음 아파했었다. 소나기를 영화로도 보았는데 글에서 나오는 그 감동이 잘 표현되지 않았다. 태백산맥 영화를 보았는데 글에서 나오는 감동을 전하지 못해 실망했다. 영상이 범람하는 시대지만 글이 더 큰 감동을 준다. 영상은 그 화면으로 고정되고 글은 삶의 경험과 어우러져 가장 아름다운 장면을 상상하게 해준다. 영상은 감옥이고 글은 해방이다. 영상은 제한이고 글은 확장이다. 글은 상상력을 발휘하게 하고 어쩌면 글이 더 귀한 시대가 올지도 모른다.

저녁에 비가 그렇게 내리더니 아침에는 맑게 개었다. 아웃리치를 통해 간증하게 되더라도 깊이가 있는 간증이 있었으면 좋겠다. 상황이 아닌 하나님 성품에 깊게 빠져들고 싶다. "믿었더니 차가 생겼더라", "집이 좋은 곳으로 이사 갔더라", "돈이 많이 생겼더라"와 같은 간증보다는 "하나님과 더 깊어졌더라"라는 간증이면 좋겠다. 하나님의 마음을 알게 되었다는 고백이 진정한 깊이 있는 신앙임을 고백한다. 상황 변화보다 하나님 마음을 더욱 깊이 알아가는 것이 선교의 성공이다. 상황은 항상 변하기 때문에 기복 신앙이 될 수밖에 없다. 상황이 아닌 하나님을 더욱 깊이 알아가는 신앙이 되어야 굴곡이 없는 신앙인이다. 솔직히 이번 선교를 통해 좋은 일들이 많이 생길 것으로 기대했다. 하나님의 일을 이렇게 열심히 하니 하나님께서 채워주실 것이라는 기대가 있었다. 그러나 지금은 선교를 통해 상황 변화보다 하나님 마음을 더 깊이 알게 되는 것이 가장 큰 은혜임을 고백한다. 하나님 마음을 더 깊이 알아가는 열매가 있는 아웃리치가 되길 소망한다.

토요비전 새벽 기도회 마치고 짐을 챙겨 선교지로 아웃리치를 떠난다. 14인승 차량으로 한 번에 이동할 수 있어 편리하다. 이번 아웃리치의 주요 사역 중 하나는 90세가 넘으신 권사님의 집을 수리하는 것이다. 선교지 마을은 사방이 산으로 둘러싸여 있어 요새와 같은 곳이다. 여우목고개의 높은 능선을 넘어서야 비로소 마을이 모습을 드러낸다. 아웃리치 준비와 사역을 통해 하나님의 사랑과 은혜가 더욱 널리 전해지기를 바란다. 방문한 동네는 옛날에 감자를 캐서 먹고 살 정도로 가난했다. 그런데 최근에 오미자를 특산물로 재배하면서 경제적 이득이 생겼다. '오미자'는 성이 오, 이름이 미자가 아니다. 오미자 열매는 다섯 가지 맛을 지닌다고 하여 오미자(五味子)라는 이름이 붙었다. 다섯 가지 맛은 신맛, 단맛, 쓴맛, 짠맛, 매운맛을 의미한다. 오미자는 주로 차로 만들어 마시거나 한약재로 사용된다. 오미자는 인생의 모든 맛을 본 내 삶과 비슷하다는 생각이 든다. 현지 교회에서 받은 오미자를 먹어서인지 몸이 많이 좋아졌다. 밭에 보니 사과나무와 오미자가 가장 많다. 오미자로 약간의 부를 얻다 보니 약간은 여유가 있는 모습들이다. 그래서인지 대부분 집들이 다 양옥으로 개량이 되었다.

그런데 우리가 수리해야 하는 할머님 댁만 유일하게 흙집이다. 100년은 족히 넘어 보인다. 발로 툭 치면 넘어질 것 같다. 화장실 문은 집을 나가 개방되었고 천으로 살짝 가리어져 있다. 안방 천장에는 쥐들이 요란하다. 방안은 겨울에 방풍이 안 되다 보니 너무 춥다. 그래서 방 보수 작업과 화장실 보수 작업이 가장 큰 사역이었다. 사실 사전 답사 갈 때부터 많이 걱정되었다. 과연 우리가 저 무너지는 집을 "다시 세울 수 있을까"라는 의구심이 든다. 성경에서 무너진 제단을 재건하는 구절들이 나온다.

하나님의 백성이 회복과 재건을 통해 신앙을 회복한다. 엘리야는 무너진 여호와의 제단을 열두 지파를 상징하는 열두 개의 돌로 재건했다. 하나님이 불로 응답하심을 통해 바알 선지자를 물리친다. 이스라엘 백성이 바벨론 포로 생활에서 돌아와 예루살렘에 정착한다. 여호수아와 스룹바벨이 하나님의 제단을 재건하여 번제를 드린다. 그들은 무너진 기초 위에 제단을 세우고 두려움에서도 아침과 저녁으로 번제 드린다. 이스라엘 백성이 바벨론 포로 생활에서 돌아와 예루살렘 성벽을 재건한다. 예루살렘 귀환은 세 차례에 걸쳐 이루어졌으며 느헤미야는 세 번째 귀환 지도자로 활동했다. 느헤미야는 성벽 재건을 감독하며 동시에 무너진 제단을 재건하는 일에도 참여했다. 성벽 재건은 하나님과의 관계 회복을 위한 상징적 행위다.

우리는 하나님 성벽과 제단 대신에 권사님의 집을 재건해야 했다. 집 상태를 보면 정말로 안 될 것 같았다. 그러나 불가능을 가능케 하시는 하나님은 권사님의 댁을 재건하는 것을 가능케 하셨다. 방에 짐을 다 빼내고 각목과 합판으로 기초작업을 한다. 방 안은 환기가 되지 않아 머리가 아파져 오고 실리콘 냄새로 호흡하기가 힘들다. 모두 지쳐가기 시작한다. 집이 오래되다 보니 치수가 정확하게 맞지 않아 톱질을 여러 번 해야 해서 기초작업이 지연된다. 집 안은 거의 목욕탕 사우나 수준이다. 도배 작업도 같이 지연된다. 그래도 서로 협력하며 옷이 거의 다 젖을 정도로 일하시는 집사님들의 열정이 대단하다. 오직 권사님을 따뜻하게 모셔야겠다는 사명감으로 불타오른다. 화장실 문이 없는 곳에 먼저 작업이 마무리되었고 문을 설치하는 데 애를 먹었다. 화장실 문은 노란색으로 칠해 집 분위기가 전체적으로 많이 밝아졌다. 왜 노란색으로 했는지는 묻지 않는다. 화장실 보수팀이 인테리어팀에 합류하니 일에 속도가 붙기 시작한다. 온몸이 땀으로 뒤범벅이 되었지만, 마음만은 정말 행복했다. 모두가 힘들어도 표정만은 진심으로 밝았다. 우리는 해가 지고 나서 드디어 1차 작업을 마칠 수 있었다.

시골이라 식당이 일찍 문을 닫기에 저녁을 얼른 먹고 돌아와야 했다.

방문한 교회 목사님께서 사역들을 보고 많이 기뻐하셨다. 저녁을 먹고 할머님 댁에 와서 마무리 작업을 했다. 바닥도 청소를 깨끗이 하고 원래대로 TV를 연결하니 다시 화면이 잘 나와 안심한다. 할머님은 가져간 온수매트를 보시더니 무척 기뻐하셨다. 여름엔 작은 방에 주무시는데 밤에는 여름인데도 무척 추우셨다고 한다. 기존 이불에 앉아 보니 여름인데도 이불이 젖어 축축하다. 온수매트로 이제 사계절을 따뜻하게 보내실 수 있게 되니 마음이 안심된다. 뭘 드시나 방 안을 살펴보니 접시 위에 드시다 남은 누추한 부침개가 놓여있다. 파리는 왜 부침개에 앉아 있는지 모르겠다. 마음이 좀 짠했다. 허리가 불편하시다 보니 드시는 것은 맘대로 드시지 못하는 것 같다. 안방에 전등도 달고 안전바도 달아 편리하게 해 드렸다.

밖에 전등은 차단기가 오작동하여 불이 들어오지 않아 밤에는 칠흑 같은 어둠이다. 전기 잘 아시는 집사님이 땀 흘리며 고생 끝에 마당에 불이 들어왔다. 우리는 환호했다. 만세를 불렀다. 아주 옛날 마을에 전기가 처음 들어올 때 이런 느낌이었을 것이다. 아프리카에 우물물이 처음 터져 나올 때 이런 마음이었을 것이다. 우리 신앙도 예수님으로 말미암아 넘치도록 터져 나오는 기쁨으로 가득 차기를 소망한다. 마지막으로 태양열 전등 열 개를 집 곳곳에 설치했다. 화장실 가실 때 어둡지 않도록 화장실 가는 곳까지 쭉 연결해서 설치했다. 옛날 흙집과 태양열 전등이 어우러져 멋스러운 집이 되었다. 흙집이 별장이 되었다. 누구 하나 조금도 다른 마음이 없이 우리 13명은 모두 한 마음이었다. 할머님이 천국 가실 때까지 편안한 집을 만들어 드리고 싶었다. 우리가 그렇다고 아주 건축 전문가도 아니다. 그런데도 정말 최선을 다해서 섬기고 싶었다. 하나님 이웃 사랑을 전하고 싶었다. 이웃에게 사랑을 전하는 것이 큰 기쁨이구나 하는 것을 온몸으로 느낀다. 땀에 흠뻑 젖은 13명은 얼굴에 충만함이 가득했다.

불가능을 가능케 하신 하나님의 은혜로 집 재건이 완성되었다. 집을 재건하며 하나님의 이웃 사랑을 바라보며 더 깊이 하나님께 가까이 가는 시간이었다. 일을 마치고 어둑어둑한 동네 길을 걸어올 때 차오르는 충만감이 밀려온다. 하나님의 은혜가 기쁨의 바람을 타고 땀에 젖은 우리를 시원하게 해준다. 우리는 제단을 쌓는 대신에 이웃 사랑의 제단을 쌓았다. 이웃 사랑 제단을 통해 공동체의 협력과 헌신을 배우고, 하나님의 은혜를 더 깊이 받게 되었다. 하나님과 더 깊어지는 관계로 발전했다. 할머님이 건강하게 오래 사시길 기도드린다. 몇 달 후 추운 겨울에 선물을 들고 다시 방문하니 할머님은 우리를 반갑게 맞이해 주셨다.

할머님의 우렁찬 기도

✝

    인원 분배는 6명은 인테리어 작업하고 나머지는 가가호호 방문하며 전도했다. 성령님이 선교해 달라고 기도를 많이 했다. 전도는 익숙지 않아 담대한 마음을 달라고 기도했다. 쇼핑백, 식혜, 시계, 얼굴 팩 등을 들고 전도할 집으로 찾아간다. 현지 교회 목사님과 목사님 그리도 훈련생들이 집집이 전도를 간다. 첫 집에 들어가니 아직은 인심이 좋아 소금을 뿌리지는 않았다. 방문한 동네는 기독교에 대한 기적들이 많았다고 한다. 그래서 산 동네인데도 절과 무당들은 다 떠나고 기독교가 뿌리내렸다고 한다. 그래서 동네가 왠지 모르게 정이 많이 갔는지도 모른다. 사방이 산인데도 흔하디흔한 절이 하나도 없다. 동네 사람들은 교회에 대한 거부감은 없다. 그런데 좁은 시골이다 보니 이웃 간에 사이가 조금만 틀어져도 몇 년째 교회에 나오지 않는 분들이 계신다고 한다. 도심 속 교회에서는 거의 이해관계로 마주칠 일이 없기에 서로 상처를 덜 줄 수도 있다. 그런데 시골은 바로 밀접하게 붙어있고 같은 농사를 짓다 보니 가끔은 갈등이 있어 교회에 나오지 않으시는 분들이 몇 분 계셨다. 우리는 정성스럽게 준비한 선물을 드리며 십자가로 초청했다.

우리는 원래 천국에 있으며 하나님과 좋은 관계였습니다. 그런데 우리의 죄로 말미암아 하나님과의 관계가 멀어졌습니다. 예수님 십자가 은혜로 우리 죄는 말끔히 씻겨졌습니다. 하나님과 관계도 회복되었습니다. 십자가의 은혜로 구원받았습니다. 천국에 대한 소망이 생겼습니다. 이 세상이 아무리 힘들어도 살아갈 기쁨이 있는 것은 천국에 대한 소망이 있기 때문입니다.

온 맘을 다해 복음 팔찌를 이용해 복음을 전한다. 모두 다 고맙게 생각했고 거부하시는 분들은 없었다. 선물로 식혜를 드리니 정말 좋아하셨다. 현지 교회 마크가 있는 시계를 드리니 정말 기뻐하셨고 바로 헌 시계를 새 시계로 교체해 드렸다. 마지막 집은 정말 산꼭대기에 있는 사과 농장 집이었다. 사람을 불러도 대답이 없다. 검은색 개가 살벌하게 짖어댄다. 한참만에 사과밭 끝에서 한 남자분이 갑자기 뛰어 내려오기 시작한다. 그분께도 십자가 복음을 전했다. 참 순박하신 분들이었다. 우리의 복음이 잘 전달되기를 간절히 기도한다.

내 입으로 복음을 전할 때 가슴이 울컥했다. 예수 그리스도의 십자가라는 말을 내뱉을 때 눈시울이 젖는다. 마음속에 눈물이 흐르기 시작한다.

나 같은 죄인이 하나님의 은혜로 예수 그리스도를 전할 수 있다는 것에 스스로 감격했다. 전한 복음은 지금 바로 나타날 수도 있지만 바로 열매가 맺히지 않더라도 낙심하지 않는다. 하나님은 우리가 뿌린 복음의 씨앗을 통해 언제 부흥으로 역사하실지 모른다. 그 기간이 오래 걸려도 낙심하지 않는다. 최종 승리와 최종 부흥을 믿기 때문이다. 가슴에 복음의 열정을 갖고 왔다. 바울의 심정을 생각해 본다. 믿는 이들이 핍박하던 자가 낯선 곳에 가서 복음을 전파하는 데 목숨을 걸었다. 죄인이었던 내가 바울처럼 이제 복음을 전하는 자가 된 것만으로 영광이다. 신앙도 일년초가 아닌 교회 앞의 느티나무처럼 거대한 거목이 되어 푸르름이 넘쳐나는 신앙이 되기를 소망한다. 복음 전파의 사역이 계속되어야 한다. 복음을 전하는 일꾼이 되어야 한다. 말씀 전하는 일꾼이 되길 소망한다.

　방문한 동네는 정말로 청정구역이다. 태백산맥 자락에 있어 산이 깊다. 사방이 산으로 둘러싸여 있어 이곳은 전쟁 때도 전쟁이 난 줄 몰랐다고 한다. 비염이 심했는데 그곳에 가니 코가 뻥 뚫리는 기적을 체험했다. 복음을 전하니 두통도 다 사라졌다. 답사 갈 때부터 날씨에 대해 무척 걱정을 많이 했다. 장마철이라서 비가 오지 않기를 간절히 기도했다. 비가 오면 모든 것이 지연되거나 멈춰버린다. 비 오는 날씨는 사역에 큰 장애물이다. 비가 오지 않게 해달라고 간절히 기도한다. 방문할 동네 날씨를 확인해 보니 오전부터 비 예보가 있었다. 비가 많이 오면 작업에 차질이 생기지 않을까 걱정이 되었다. 동시에 날씨가 너무 맑아 해가 강하게 뜨면 더위로 인해 생산성이 떨어지지 않을까 하는 염려도 있었다. 선교지는 비가 내리기 직전처럼 시커먼 구름이 하늘을 뒤덮었지만, 비는 내리지 않았다. 분명히 저쪽 산 위에는 시커먼 비구름이 몰려온다. 그런데 먹구름은 그 산을 넘지 못하고 그곳에서 계속 기다리고 있다. 우리는 이구동성으로 하나님께서 구름 기둥으로 우리를 지켜주신다고 말했다.

여호와께서 그들 앞에서 가시며 낮에는 구름 기둥으로 그들을 인도하시고 밤에는 불기둥으로 그들에게 빛을 주사 낮이나 밤이나 진행하게 하시니, 낮에는 구름 기둥, 밤에는 불기둥이 백성 앞에서 떠나지 아니하니라   출 13:21~22

말씀의 은혜로 우리가 있는 지역에는 계속 비가 내리지 않았다. 하나님은 먹구름 기둥을 막으시며 비가 내리지 않도록 우리를 보호하고 있었다. 하나님 은혜로 집수리와 집집이 전도를 무사히 마칠 수 있었다. 모두 다 하나님 은혜다. 할머니 댁 마당에 전기가 들어오고 작업을 마무리하며 손뼉 치는 순간에 마치 신호를 기다렸다는 듯 비가 조금씩 내리기 시작한다. 하나님께서 산 정상에 머물게 하셨던 먹구름 기둥이 이제 우리 쪽으로 몰려오기 시작한 것이다. 날씨를 지켜주신 하나님 은혜에 감사하다.

우리는 할머님의 우렁찬 눈물의 기도를 받았다. 할머님은 집수리 내내 고맙다고 말씀하셨습니다. 할머님은 답사 때보다 훨씬 더 건강해 보이셨다. 90세가 넘으셨다는 것이 믿기지 않을 만큼 정정하신 모습이었다. 할머니 밭에는 감자가 심겨 있다. 감자는 비를 맞으면 안 되는데 빨리 캐야 하는데 여쭤보려다 말았다. 감자까지 캐면 우리 중요한 사역이 마치지 못할 것 같았다. 감자 캐려면 반나절은 족히 걸릴 것이다. 할머님은 우리가 땀 흘려 열심히 하는 것을 보시더니 재봉틀은 고칠 수 없냐고 물으신다. 저희는 재봉틀 전문가는 아닙니다. 재봉틀도 거의 수십 년 된 것이다. 골동품이다. 세월이 깃든 오래된 선풍기를 보고 깜짝 놀랐고 아직도 돌아가는 것이 신기했다. 할머님은 계속 고맙다고 하신다.

남을 섬기는 것이 이렇게 큰 기쁨인지 예전에는 잘 몰랐다. 받은 은혜가 훨씬 크다. 캄캄한 저녁에 모든 일을 마치고 나니 할머님께서 저희를 위해 기도해 주신다고 한다. 무릎 꿇었다. 우리를 위한 할머님의 간절한 기도에 모두 눈물을 흘렸다. 90세 넘으신 분의 기도는 영적으로 살아 있었고 우렁찼다. 하늘을 울리는 기도다. 할머님 기도를 받는 은혜도 누렸다. 할머님 기도는 간절한 축복 기도였다. 새벽마다 기도하시는 영성 있는 분의 기도였다. 다음 날 주일 예배에 한 집사님이 할머니께 우의를 입혀 드려 직접 엎어서 교회까지 모시고 왔다. 할머님은 교회에 오셔서 같이 예배를 드리셨다. 할머님은 우리에게 구겨진 봉투에 헌금을 담아 우리 교회에 해달라고 하신다. 왜 할머니들 봉투는 항상 꾸깃꾸깃한지 모르겠다. 돈도 많이 없으실 텐데 소중한 돈을 주시니 할머님의 간절함이 느껴진다. 할머님의 손을 잡으니 따스했다. 건강하게 오래오래 사시도록 기도드린다.

할머님은 우리가 떠날 때까지 주차장에 앉아 계신다. 할머님은 항상 누구를 기다리고 떠나보낸다. 할머님은 우리에게 손을 계속 흔드시며 떠나는 차를 끝까지 쳐다보고 계신다. 이번 아웃리치를 통해 우리가 더 큰 은혜를 받았다. 이웃 사랑을 통해 하나님과 더 깊어지는 은혜가 있었다. 복음 전파를 통해 가슴에 바울 같이 복음에 대한 열정이 살아났다. 삶의 현장에서도 하나님과 더 깊어지는 은혜로 말미암아 승리할 것으로 믿는다. 아웃리치는 감동이다. 감동으로 사역하면 은혜의 여운은 더 길어진다. 국내 아웃리치의 모든 과정은 하나님의 은혜다.

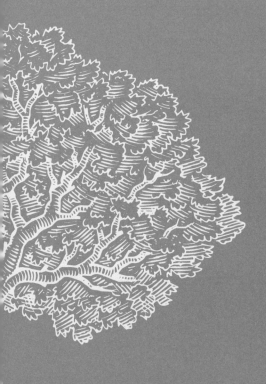

다음 세대와 함께
숨 쉬는
부흥의 여정

아이들과 함께 걷는 교회 학교 교사

✝

아이들을 위해 기도하는 교사가 되고 싶다. 주중에 아이들에게 전화하고 온라인으로 소통하는 것이 필수다. 내가 맡은 아이들이 잘되게 해 달라는 정도로 기도하면 부족하다. 우리 반 아이들의 이름을 언급하며 상황을 생각하며 영적인 필요를 위해서 구체적으로 기도한다. 사실 제일 좋은 방법은 기도 제목을 받는 것이다. 아이들이 마음의 문을 열지 않아 상식적인 기도 제목만 받게 된다. 제일 많이 받는 기도 제목은 몸이 건강하고 시험을 잘 보게 해 달라는 것이다. 내신 1등급을 받게 해달라는 기도 제목이 많다. 기도 제목이라도 카톡으로 주니 감사할 따름이다. 아이들이 많아 기도를 오래 못해도 아침에 일어나서 아이들을 위해 짧게라도 기도한다. 더나아가서 아이와 일대일로 만나서 구체적인 삶의 고민과 걱정을 들어주고 싶다. 아이들이 편하게 기도 제목을 열어놓아 아이들이 부모님이나 친구보다 먼저 찾는 교사가 되고 싶다. 아이들이 힘들고 어렵고 괴로울 때 가장 먼저 떠올리고 찾는 교사가 되고 싶다. 지옥 같은 입시의 상황에 있는 아이들의 영혼을 위해 더욱 간절히 기도한다. 아이들에게 자주 연락해서 아이들의 기도 제목을 듣는다. 전화하면 받지는 않는다. 받지 않으니 더 전화하지 않게 된다. 카톡으로 기도 제목을 물어본다.

하나님을 정말 잘 아는 교사가 되고 싶다. 공과 공부 준비를 철저하게 하는 교사가 되고 싶다. 하나님을 정말 사랑하고 하나님을 잘 아는 교사가 되고 싶다. 하나님과 깊은 교제가 있는 교사가 되고 싶다. 정기적인 성경 읽기와 성경 공부 그리고 묵상을 통해 하나님이 어떤 분이신지를 알고 지낸다. 하나님이 삶을 어느 곳으로 인도하시는지를 알아가고자 한다. 주일 전날에 공과 공부를 쉽게 이해시키기 위해 예습한다. 나만의 공과 노트를 만들어 아이들과 말씀 나눔을 준비한다. 말씀 준비를 통해 하나님에 대해 깊이 있게 알아간다. 하나님이 누구신지를 더 깊이 이해해 아이들과 말씀을 나눈다.

아이들에게 필요한 것을 공급해 주고 싶다. 아이들이 좋아하는 것은 선물이다. 카톡 선물은 사용하고 싶을 때 바로 사용할 수 있어 편리하다. 아이들이 좋아할 만한 선물 콘텐츠가 많다. 교사에게 비용이 부담되지 않는 고등학생이 좋아하는 선물은 많다. 선물은 정성이다. 정성 있는 선물을 주면 아주 좋아한다. 발품을 팔아 선물을 준비하고 손 편지를 써주면 더 감동이다. 반 아이들이 많으면 손 편지 쓰는 데도 한참이 걸린다. 연애편지 쓰듯이 정성스럽게 아이들에게 편지를 쓴다. 아이들에게 물어보면 선물 종류는 무척 많다.

하나님 우리 고등학교 1학년 질풍노도의 시기에 있는 학생들이 하나님을 인격적으로 만나게 해주세요. 고난과 어려운 가운데에서 하나님의 자녀로 올바로 서게 해주세요. 주님이 주신 확실한 비전을 갖고 지금 학창 시절을 잘 이겨내게 해주세요.

교회 나오지 않는 학생들 교회 나오게 해주세요. 미국에 있는 학생이 미국에서 잘 생활하게 해주시옵시고 잘 적응해서 미국에서 꿈을 이루게 해주세요. 중국 기독교 학교에 가 있는 세 친구가 집 떠난 생활 속에서 하나님을 인격적으로 만나 더욱 성장하게 해주세요. 음악에 소질이 있는 학생에게 하나님 성령의 능력을 주셔서 하나님 앞에 더욱 예쁜 마음을 주시옵소서.

한 학생은 학교는 다니지 않지만, 예배는 정성스럽게 나옵니다. 세상일에 흔들리더라도 예수님의 끈은 놓지 말게 해주시옵소서. 학교에 다시 갈 수 있는 학생이 되고 예수님의 자녀로 올바르게 자라게 해주세요. 예배를 사모하는 두 친구에게 시험을 잘 보게 해주시옵시고 건강의 축복을 주시옵소서. 교회 나오지 않는 친구에게 예배의 소중함을 알아 교회에 나오게 하여 주시옵소서. 모든 학생에게 하나님을 더욱 사랑하는 마음을 주시옵소서. 예수님의 제자로서 학교에서도 선한 영향력을 미치는 학생이 되게 하옵소서. 우리 반 아이들 모두 예수님 안에서 기뻐하고 춤추는 학생들이 되게 하옵소서.

예배를 잘 드리는 교사가 되고 싶다. 예배를 삶의 최우선 순위로 높인다. 예배의 은혜와 감격 속에 살고 그 은혜를 아이들에게 나누어 주고 싶다. 내가 먼저 스스로 예배를 잘 드리는 모습을 보여 아이들에게 예배의 소중함을 말하고 싶다. 하나님은 예배를 소중히 여기며 시간을 기꺼이 내어 드리는 자를 절대로 버려두지 않으신다. 예배를 사모하는 자의 삶을 인도해 주시고 은혜로 채우신다. 하나님은 전심으로 드리는 예배자를 찾으신다. 하나님은 예배를 온전히 드리는 이를 기뻐하신다. 하나님은 예배를 간절히 사모하는 자에게 은혜와 능력을 더하여 주신다. 고등부 예배에 하나님이 역사하시길 기도하며 신실한 예배자로 서길 소망한다.

사랑과 은혜가 많으신 하나님 아버지, 한 주간 하나님의 인도하심과 보호하심에 감사드립니다. 죄로 인해 죽을 수밖에 없는 우리를 십자가 사랑으로 영원한 생명을 주심에 감사드립니다. 한 주간 부끄러운 죄를 지은 것이 있다면 지금 회개하고 깨끗한 마음으로 예배드리게 하여주시옵소서. 하나님 오늘 예배 시간에 예수님의 사랑에 깊이 빠지게 하여주시옵소서. 한 주간 이 예배를 사모하며 그리워했습니다. 예수님을 만나기 위해 설레는 마음으로 이 아침 교회에 왔습니다. 사랑하는 예수님과 만남이 틀어지지 않고 어긋나지 않기 위해 마음에 딴생각하지 않고 오로지 예배에만 집중하게 하여주시옵소서. 예수님만 생각하는 밀도 있는 예배를 통해 예수님과 깊은 사랑을 체험케 하여주시옵소서. 예수님의 깊은 사랑을 알아가고 나누는 예배 시간이 되게 하여주시옵소서. 하나님 고등부 모두에게 찬란하게 빛나는 믿음을 주시옵소서. 우리 믿음에 유통기한이 없게 하여주시옵소서. 고난, 고통, 고역, 시험, 역경, 기쁜 일 등의 세상일에 믿음이 변질하지 않게 하여주시옵소서. 세상일에 일희일비하지 않고 어떤 시련이 오더라도 흔들리지 않는 굳건한 믿음을 주시옵소서. 1년 365일 변치 않는 전천후 믿음을 갖게 하여주시옵소서.

다시 믿음으로 일어나고 오직 믿음으로 굳게 서는 고등부가 되게 하여주시옵소서. 말씀을 선포하실 목사님께 성령의 기름 부음을 주셔서 은혜로운 말씀이 되게 하여주시옵소서. 선포하신 말씀을 통해 은혜의 상승기류를 타고 믿음의 날개를 펴 힘차게 비상하는 고등부가 되게 하여주시옵소서. 주님께 설레는 마음으로 준비된 특송을 기쁘게 받아주시옵소서. 오늘 예배를 돕고 헌신하는 손길을 기억하여 주시옵소서. 모든 말씀 살아계신 예수님의 이름으로 기도드립니다.

겨울 수련회 후기

✝

1박 2일간 고등부 겨울 수련회를 다녀왔다. 엘리베이터 안에서 만난 훈련을 담당하시는 목사님은 은혜를 많이 받고 오라고 말씀하셨다. '은혜받고 오라'는 그 말이 힘이 되었다. 겨울 수련회의 선명한 목적이 생겼다. 겨울 수련회는 은혜받기 위해서 가는 것이다. 토요일 오전 훈련이 끝나자마자 같은 다락방 선생님과 승용차를 이용해 수련회 장소로 달렸다.

도착하니 우리 조로 편성된 아이들은 레크레이션을 하고 있다. 비전을 나누는 시간을 갖는다. 고등부 아이들과 진지한 대화들이 오고 갔다. 같은 조에 몸이 불편한 학생이 있다. 비전에 대해서 처음으로 대화를 나눈다. 학생은 "점이 모여 문자가 됩니다. 내 하나의 점들이 하나님의 영광을 위한 점들의 모임이면 좋겠습니다. 하나님을 위한 나의 점이 모여 하나님의 영광을 위한 역사가 되었으면 좋겠습니다."라고 말한다. 감동이다. 학생은 하나님에 대한 확고한 믿음을 갖고 있다. 어쩌면 나보다 훨씬 더 큰 믿음과 비전을 갖고 있다. 뇌과학자가 되어 하나님의 영광을 돌리고 싶다는 학생도 있다. 영어를 무척 잘하는 듯하다. 그 학생은 식사 배식을 기다리며 내 뒤에 섰다. 계속 혼자 중얼댄다. "너 누구하고 대화하니? 앞에 아무도 없는데 대체 누구하고 대화하니? 누구하고 전화 통화하니?" 물어본다. 그래도 계속 중얼댄다. 성령의 방언을 하는 것인가 생각해 본다. 다음 주에 영어로 말하는 대화 시험을 대비해 연습한다고 한다. 학생은 보지도 않고 영어를 계속 외워 말하는지 존경스럽다. 사실 영어 잘하는 그 학생이 좀 멋있다.

찬양 집회 때에는 아이들이 가장 먼저 앞으로 나간다. 아이들은 민망할 텐데도 물불 가리지 않고 맨 앞에 앉는다. 반 아이들은 맨 중앙에 좋은 자리를 잡는다. 학생들의 그 모습이 너무나도 귀하다. 목사님 설교를 초롱초롱한 눈으로 듣고 있는 아이들이 대견스럽다. 아이들이 예배 시간에 맨 앞자리에 가는 모습에 영적으로 믿음이 다시 살아난다. 아이들이 자꾸 앞으로 나간다. 조금만 더 가면 무대인데 자꾸 앞으로 나간다. 기도회 시간에 우리는 손을 잡았다. 서로를 위해 기도했다. 우리는 어깨동무한다. 하나님 앞에 기도 제목을 내놓고 모두 기도했다. 어깨동무하며 하나님 앞에 파이팅을 한다. 드러내기 어려운 기도 제목들도 내놓으며 우리는 성령으로 하나가 된다. 나이 상관없이 학생들과 기도의 전류가 흐르는 것을 느낀다. 성령은 어깨를 타고 무한 반복하며 모두에게 은혜를 준다.

수련회 목적은 선명하다. 은혜받기 위해서다. 은혜받기 위해 우리는 손을 높이 들고 찬양한다. 기도한다. 기도회가 끝나고 아이들은 율동으로 하나님께 영광을 돌린다. 대단한 에너지다. 맘속에 품어놓은 마그마를 한 방에 터트리는 화산 같다. 에너지가 춤춘다. 수양관의 공기가 달라진다. 수양관의 조명이 기도의 조명으로 바뀐다. 아이들이 마그마 같은 열정을 끝없이 토해낸다. 하나님에 대한 열정으로 가득 차서 찬란하게 빛나는 고등학교 생활이 되길 기도한다. 공부보다 먼저 신앙으로 중심축이 움직이도록 기도한다. 꼭 하나님을 중심에 두고 학창 생활을 잘 이겨내길 기도한다. 학생들이 하나님을 사랑하는 진정한 예배자로 서기를 기도한다.

십만 원을 통한 오병이어 기적

✝

지난 주일 고등부 학생들과 밥을 먹었다. 한 달에 한 번씩은 예배 끝나고 우리 반 아이들과 식사한다. 비 오는 날이라 밖에 나가기 번거로운 날이다. 아이들이 중간고사가 끝나 밥을 같이 먹고 싶었다. 학생들이 전부 참석은 못 했다. 몇몇이 교회 근처 식당을 찾아다녔다. 학생이 알고 있는 곳을 추천해서 그곳으로 갔다. 식당이 문을 닫았다. 요즘 자영업이 힘든지 문 닫는 식당들이 많다. 당황하며 갈 길을 몰라 넷이 헤맸다. 애굽을 떠나 광야를 헤매는 이스라엘 백성처럼 교회 앞을 헤맸다. 모세 같은 지도자가 필요했다. 다행히 한 학생이 근처에 있는 맛집을 찾았는데 돈가스와 메밀국숫집이었다. 넷이 만장일치로 그 식당으로 결정했다. 요즘에 주문은 거의 키오스크로 주문한다. 키오스크 앞에만 서면 답답해진다. 개발자이기는 하지만 아직 서투르니 키오스크는 통곡의 벽이다. 고등학생들은 아주 재빠르게 선택한다. 먹는 것을 선택하는 것에서 체형이 바로 매칭이 된다. 음식이 곧 자신이다.

선생님 지갑 사정을 생각한 것인지 가벼운 음식을 고르는 학생도 있다. 이왕 사는 것인데 비싼 것 먹어도 되는데 아이는 가격이 겸손한 음식을 고른다. 생각보다는 음식이 맛있었다. 사이다도 시켰다. 컵과 컵 사이에 사이다를 놓았다. 사람과 사람 사이에 사이다를 놓았다. 컵과 컵 사이다. 수현과 동기샘 사이다. 아재 개그에 잠시 웃는다. 아이들끼리 음식을 공유하는 모습은 아름답다. 먹던 젓가락에 그냥 상대방 메밀국수에 대고 먹는 허물없는 친구들 모습이 너무 아름다웠다. 떡을 나누고 음식을 나눠 먹던 초대교회 모습이 연상된다. 배가 부르니 행복하다. 아이들은 자기들끼리 이야기하고 나는 곁을 따라간다. 밝은 아이들이 자기들끼리 노는 모습을 바라보니 너무 행복했다. 얼마 안 되는 돈을 가지고 큰 행복을 얻었다. 중간고사에 지쳤던 아이들의 표정이 지금은 많이 밝아졌다.

게임을 하지 못하니 남학생들과 공통 분모가 없어 대화는 많이 못 한다. 그래도 아이들과 정서적으로는 편안함이 있다. 아이들의 깊은 생각도 알고 싶은데 아직 잘 알지는 못한다. 남학생들이 아무 생각이 없는 것 같기도 하다. 아주 적은 돈으로 큰 행복을 샀다. 오병이어의 기적은 보리떡 다섯 개와 물고기 두 마리를 내놓은 한 아이로부터 시작된다. 예수님은 떡과 물고기를 축사하신다. 잔디에 앉은 오 천 명의 사람들에게 원하는 대로 떡과 물고기를 주고도 열두 바구니가 남았다. 나에게 오병이어는 한 달에 한 번 아이들과 먹는 점심이다. 밥 먹고 행복해하는 아이들의 모습이 보면 너무 행복하다. 오병이어는 아이들 점심값 십만 원이다. 오병이어가 행복감을 주었다. 다음에는 더 많은 학생이 참석했으면 좋겠다.

> 그들이 배부른 후에 예수께서 제자들에게 이르시되 남은 조각을 거두
> 고 버리는 것이 없게 하라 하시므로 이에 거두니 보리떡 다섯 개로 먹
> 고 남은 조각이 열두 바구니에 찼더라   요 6:12-13

아이가 가진 적은 음식을 예수님께서 축복하신다. 예수님이 축사하시니 모든 사람이 충분히 먹고도 남을 만큼의 음식이 남았다. 예수님의 명령으로 제자들이 남은 조각을 거둘 때 그 양이 원래의 양보다 훨씬 많아져 열두 바구니가 차게 되었다. 예수님은 풍성하신 분이다. 지금은 십만 원의 음식값을 내지만 나중엔 오천 명의 학생에게 음식을 사는 날이 오길 소망해 본다. 아이들이 행복해하는 모습이 머릿속에 선명하다. 오병이어 축사는 오천 명이 모인 잔디 위에서 펼쳐진다. 글을 쓰고 있는 지금 앞에 푸른 잔디가 보인다. 저곳에 5천 명의 학생들이 햄버거와 콜라를 마시는 것을 상상해 본다. 예수님이 축사해 주시는 햄버거와 콜라는 아주 맛있을 것이다. 잔디 위에 수많은 학생이 하나님께 찬양한다. 초록이 아름다운 계절 5월이다. 온 세상이 예수님의 말씀으로 채색이 되면 지금보다 더 아름다운 세상이 될 것이다.

여름 수련회에서 예수님 작은 숲을 만든다

✝

　여름은 은혜 조각이다. 여름은 다양한 조각 모음이다. 수련회와 아웃리치 그리고 국내 선교가 있다. 여름은 수련회 기간이다. 어떤 학생은 수련회를 학원의 도피처로 오는 학생도 있다. 어떤 학생은 하나님을 만나기 위해 은혜를 갈구하는 마음으로 온다. 다양한 마음의 조각이 모인다. 수련회는 은혜 조각이다. 기도의 점이 연결되어 직선이 된다. 직선은 기도 조각이 된다. 기도 조각들이 공동체 가슴속에 흔적으로 남는다. 은혜가 쏟아지는 강당에 하나님 음성에 마음이 녹아내린다. 수련회는 하나님을 인격적으로 처음 만나거나 다시 만나는 시간이다. 우리 마음 위에 새긴 하나님 발자국은 어린 시절 추억이 깃든 곳이다. 마음 길에 하나님 발자국을 기억하며 다시 내 마음에 하나님이 오시기를 기도한다. 강당 기도 숲속에서 하나님의 세미한 음성을 듣는다.

　공동체의 기도 소리에 흔들리는 공기는 노래한다. 예수 그리스도 꽃 내음이 강당에 퍼진다. 하나님을 만남으로 참된 자유를 얻어 나비처럼 기쁨의 춤을 춘다. 발이 땅에서 떨어지는 듯한 은혜를 경험한다. 은혜의 빗줄기는 우리 옷을 땀으로 젖게 만든다. 달빛 아래 강당은 기도의 호흡으로 공기가 뜨거워진다. 잔잔한 하나님의 음성이 속삭이는 비밀스러운 이야기를 듣는다. 그 누구한테도 말하지 못한 이야기를 하나님께 고백하며 하나님의 세미한 음성을 듣는다. 하나님은 조용히 말씀하신다. "괜찮아. 다시 시작하면 돼"라고. 뭇별이 쏟아지는 밤하늘 아래 서로의 손을 잡고 기도한다. 흩어져 있던 기도 조각들은 우리 마음속에 빛난다. 기도 조각은 하나가 되었다가 은혜 안에 빛나며 각자 마음속에 다시 흩어진다. 은혜 조각은 우리 마음속에 영원히 별이 되어 노래한다.

여름 수련회에서 우리 반 학생들은 모두 믿음이 있어 찬양도 하고 스스로 잘한다. 이미 훈련된 훌륭한 제자이다. 우리 반은 나만 잘하면 모든 것이 잘될 거라 생각한다. 학생들이 하나님 안에서 더욱 성장하고 믿음의 여정을 힘차게 걸어갈 수 있도록 기도한다. 동시에 나의 문제들과 부족함을 돌아보며 개인적인 기도를 드린다. 이번 수련회에 호두 껍데기 같은 딱딱한 자아가 깨지기를 기도한다. 깨진 틈 사이로 하나님 은혜가 흘러 들어가 내가 아닌 세상을 보기를 원한다. 나만 부르짖는 삶을 정리하고 싶다. 내가 아닌 하나님 시점으로 세상을 바라보는 눈을 달라고 기도한다. 딱딱한 자아는 깨지지 않는다. 부르짖어도 깨지지 않는다. 깨지지 않으니 하나님 음성도 들리지 않는다. 그런데 초라함을 고백할 때 자아가 깨진다. 솔직한 마음으로 하나님께 고백할 때 자아 틈새가 생기기 시작한다. 틈새 사이로 하나님 은혜가 강물처럼 흐른다.

　하나님, 저는 가진 것이 아무것도 없습니다. 오직 주님만 의지합니다. 성벽이 무너진 폐허, 바람 부는 곳에 홀로 서 있습니다. 불타버린 성읍에서 연기에 검게 그을린 모습으로 울며 앉아 있습니다. 전쟁터에 부상한 병사처럼 절망에 있습니다. 하나님은 바람 부는 황량한 벌판 한가운데 서 있는 내게 마음속 깊은 곳까지 찾아오셔서 말씀하신다. "괜찮아. 다시 일어나면 돼." 다 타버린 성벽에 검게 그을린 땅끝에서 하나님 은혜로 노란 민들레가 자란다. 노란 민들레가 꽃을 피우기 시작한다. 하나님은 잿더미가 된 자리에 새로운 생명을 싹 틔우신다. 하나님은 나에게 다시 시작하는 은혜를 넘치도록 부어 주신다. 아무것도 남지 않았다고 생각할 때, 하나님은 은혜로 더 가까이 다가오신다. 부상한 병사처럼 좌절하고 있을 때, 하나님은 상처를 싸매주시며 일으켜 주신다. 다시 시작하라고. 하나님은 독생자를 죽이면서까지 우리를 사랑하는 모험을 하셨다. 하나님은 모험가이시다. 하나님은 인생은 모험이라고 말씀하신다. 하나님은 함께 모험하자고 어깨를 부축해 주신다. 큰 소리가 아닌 세미한 음성으로 괜찮다고 말씀하신다.

　잡초처럼 질기게 다시 시작하라고 말씀하신다. 민들레는 무너진 벽돌 사이로 고개를 내민다. 검게 그을린 땅을 뚫고 자라난 질기디질긴 민들레다. 황량한 벌판에 홀로 선 채, 희망의 색을 입고 다시 시작 불꽃을 피운다. 생명은 조용히 그러나 강하게 꽃을 피운다. 민들레는 폐허 속에서 피어나 하나님 은혜로 말미암아 새 생명을 심는다. 세상이 주목하지 않는 그곳에서 눈부신 꽃을 피워내는 세미한 힘이다. 하나님은 말씀하신다. 가장 연약한 곳에서 가장 강한 생명이 역사한다고. 이제 새로운 생명으로 태어나라고.

하나님은 다 타버리는 마음을 만져주시고 민들레꽃을 새 생명으로 주신다. 이전과는 다른 모습으로 하나님을 찬양한다. 하나님은 다 타버린 재에서 꽃으로 다시 내 마음속에 오신다. 우리는 하나님이 계셔 행복하다. 세상 속에서 말 못 할 사연들을 터놓고 이야기할 대상이 있기 때문이다. 그 사연들을 터놓으면 눈물이 흐르고 하나님은 그때 내 마음에 새로운 꽃을 피우신다. 더 나아가 하나님 영광을 위해 살아가는 사명을 발견한다. 여름 기도 조각들이 모여 은혜 숲이 된다. 공동체 은혜로 인해 우리 기도는 물줄기가 되어 합쳐지고, 거대한 강물 되어 힘차게 흘러간다.

민들레 씨앗이 자란다. 내 안에 예수님 작은 숲이 생긴다. 숲은 조금씩 더 성장해 나간다. 내 안에 작은 예수님 숲이 있다. 마음 깊은 곳에 숨겨진 비밀스러운 정원이다. 하나님 말씀이 스며드는 곳 찬양 소리가 맴도는 숲길이다. 예수님과 마음 숲을 걸으며 푸른 나무들 사이 산책길을 걸으며 예수님과 속삭이는 이야기가 있다. 삶의 지친 나에게 그곳은 나만의 평화가 깃든 쉼터다. 수련회는 마음속에 예수님 작은 숲을 만드는 시간이다. 숲속 작은 연못은 삶에 갈증 난 나에게 고요한 물결로 나의 마음을 어루만져 주신다.

마음속 예수님의 숲은 내면 상처를 감싸주는 따스함이 있다. 찾아온 밤의 숲속에서 하늘의 뭇별을 바라보며 하나님이 주신 사명을 되새긴다. 내 마음에 예수님의 숲은 나만의 안식처다. 숲은 외로움과 고독 속에서 희망을 찾는 곳이다. 예수님 숲으로 말미암아 어떤 시련이 와도 다시 일어설 힘을 얻는다. 내 안에는 예수님 작은 숲이 있다. 삶 속 실패에서도 잃지 않는 평온을 유지한다. 예수님 숲속에서 하나님과 호흡하며 내 삶을 은혜로 채색해 나간다. 여름 수련회는 우리 마음속에 예수님 작은 숲을 만드는 시간이다. 숲길에서 주님을 찬양하며 세상 길로 나아간다. 성실함을 통해 세상에서도 열매 맺는 삶이 될 것이다. 하나님과 동행하여 온전한 이로 거듭나 세상에서 하나님 영광을 위해 찬란히 꽃을 피운다. 예수님과 다시 호흡한다.

선교에 눈물은 강물처럼 흐르고

†

선교에 가면 눈물은 강물 되어 흐른다. 선교는 눈물이다. 눈물이 있어야 은혜의 여운이 길다. 선교를 통한 눈물로 말미암아 하나님의 꿈을 발견하게 된다. 하나님이 주신 꿈을 청소년기에 발견하면 젊은 시절을 방황하지 않고 누수 없이 은혜로 살아간다. 이번 선교는 고등학생들이 직접 여름성경학교 교사가 되어 주도적으로 진행한다. 초등학생 자기 반 아이들과 2박 3일 함께 한다. 고등학생들이 직접 복음을 전하러 길거리로 나간다. 예수 그리스도의 십자가 능력을 전한다. 현지 아이들과 함께하는 모습을 보니 천국의 예고편을 보는 듯했다.

마지막 헤어지는 날에 학생들과 현지 교회 학생들은 서로 바라보며 눈물을 흘린다. 정이 들었고 헤어지는 아쉬움을 갖는다. 함께해 정들었던 시간에 대해 아쉬움이 눈물 되어 강물처럼 흐른다. 섭섭함은 학생들의 가슴을 적신다. 이별의 순간에 다음에 만날 날을 기대한다. 함께했던 시간과 더 말하지 못한 아쉬움이 그리움으로 남는다. 마음 깊은 곳에 눈물을 남겨

놓으며 다시 만날 그날을 기다린다. 학생들이 믿음의 공동체 안에서 아쉬움의 눈물을 흘리는 것을 보니 내 마음이 이상하고 먹먹해진다. 현지 교회 목사님이 버스 앞에서 아쉬운 눈길로 쳐다보는 것이 마음에 남는다. 제대로 인사를 드리지 못한 것이 더욱 마음에 걸리고 아쉽다.

나는 이번 국내 선교에서 다른 사역은 없고 오직 식당 보조로만 참석한다. 온전히 3일 동안 주방에만 머물렀다. 3일간 해를 거의 보지 못했다. 선생님들이 많이 참석해서 요리들을 만들기 시작한다. 김치전을 만드는데 짜다. 맛이 짜서 부침가루와 밀가루를 계속 넣다 보니 양이 많아진다. 믿음이 예수님의 장성한 분량이 충만한 데까지 성장해야 하는데 밀가루 반죽이 계속 성장한다. 이러다가 군대 소대가 아니라 대대가 먹을 만한 부침개를 만들 수도 있을 것 같다. 마라의 쓴 물이 단물이 된 것처럼, 부침개는 짠맛에서 단맛으로 변하는 기적을 체험한다. 이스라엘 백성이 홍해를 건넌 후 사흘 동안 물을 찾지 못해 지치고 목이 마른 상태로 마라에 도착했다. 마라에 물은 있으나 너무 써서 마실 수 없었다. 백성들은 모세에게 불평하며 물을 마실 수 없다고 하소연했다. 모세는 하나님께 이 문제를 가지고 기도했다. 하나님께서는 모세에게 한 나무를 가리키며 그것을 물에 던지라고 명령하셨다. 모세가 그 나무를 물에 던지자 쓴 물이 단물로 변해 백성들이 마실 수 있게 되었다.

우리는 나뭇가지 대신에 부침가루를 넣어 짠맛이 단맛으로 변하는 역사를 체험한다. 하나님의 은혜다. 결국 김치전은 맛있게 재탄생했다. 부침개를 모두 맛있게 먹었다. 말수 적은 남학생들이 숙소에서 거듭 맛있다고 감사 표현한다. 여러 명의 의견을 합쳐 결정할 때 더 강력한 김치전이 탄생한다는 것을 느낀다. 좋은 음식을 만들기 위해 다양한 의견의 수렴을 통해 맛의 기준을 정한다. 어떤 일을 시작할 때 하나님께 먼저 기도하는 습관을 갖는다. 요리할 때도 먼저 기도로 시작한다. 이 요리를 통해 하나님께 영광 돌리는 요리가 되게 해달라고 기도한다.

숙소로 이용하는 예배당에는 이불이 없다. 승용차를 산 뒤에 선물로 받은 담요를 갖고 갔다. 한 번도 열어 보지 않았다. 막상 펴보니 정말 짧아 무릎만 살짝 덮는 크기의 담요였다. 수십 명의 남자가 같이 자다 보니 에어컨이 세다. 젊은이는 환상을 보고 아비들은 꿈을 꾼다. 젊은이는 에어컨 온도를 내리고 아비들은 온도를 올린다. 숙소가 무척 춥다. 어느 집사님의 두꺼운 매트리스가 무척 부럽다. 발을 덮으면 배가 춥고 배를 덮으면 발이 춥다. 군인 형제의 모포가 부럽다. 역시 군용이 야생엔 최고다. 뒤척거리다가 밖으로 나왔다.

선교지 하늘에는 수많은 뭇별이 반짝거린다. 별이 아름답다. 아브라함에게 약속하셨던 뭇별을 바라본다. 아브라함이 축복받았던 수많은 후손이 아닌 숙면을 하게 해달라고 기도한다. 하늘의 수많은 뭇별은 나에게 쏟아진다. 결국 첫날은 잠을 못 잤다. 사람은 적응형 생명인지라 둘째 날부터는 바로 깊은 잠 속에 빠져들었다. 누군가 코를 골기 전에 바로 잠들어 한 번도 깨지 않았다. 선교 가면 불면증이 사라진다. 선교에 가면 온전한 이

불이 하나 있는 것도 감사하게 된다. 선교를 다녀오면 일상에서 감사의 조건이 늘어난다. 고등학교 여학생이 초등학생 반 아이들에게 얼굴에 선크림을 발라주는 장면이 참 아름다웠다. 어릴 적에 누군가에게 받은 사랑은 평생 기억에 남는다. 어릴 적 눈길을 준 사람이나 호의를 베푼 사람은 평생 선명하게 기억에 남는다. 서로의 가슴에 아름다운 별이 되어 영원한 추억으로 간직된다. 사랑을 베푼 믿음의 선배들은 동생들 마음속에 아름다운 추억으로 영원히 남는다.

학생들과 방문한 교회 교인들에게 돈가스를 해드리기로 했다. 70개의 돈가스를 튀기는 일은 힘든 일이다. 기름 냄비의 손잡이가 집을 나가는 아찔한 순간도 있었다. 하나님은 우리를 안전하게 지켜주셨다. 우리는 튀긴 기름은 소용없고 오직 성령의 기름 부음만 필요하다. 어노인팅이다. 튀긴 기름으로부터 보호해 주신 하나님 은혜에 감사하게 된다. 우리는 밥을 먹으면서 다음 메뉴는 무엇할지 고민한다. 쉴 틈 없는 사역이다. 방문한 교회 집사님께서 복숭아 농사를 지으시는데 올해 농사가 잘되지 않아 상품성이 살짝 떨어지는 복숭아를 많이 주셨다. 끼니때마다 복숭아를 내놓았다. 신기하게도 내놓으면 다 먹는다. 나는 10년 치 깎을 복숭아를 선교 기간에 다 깎았다.

선교하러 가기 전부터 두통이 있었다. 컨디션이 최상은 아니었는데 식당 보조하면서 두통이 다 사라졌다. 선교 다녀온 후 두통이 사라졌다. 머릿속을 하얗게 비우고 몸은 힘들게 굴리니 정신은 맑아진다. 잠도 숙면하니 두통은 물러갔다. 모든 사역의 마무리인 청소는 중요하다. 은혜를 끼치고 떠나는데 화장실이 더럽다면 남은 사람은 우리를 다시 생각하게 된다. 머문 자리가 청결하지 않다면 은혜는 반감된다. 화장실 청소할 때 은혜가 임한다. 자진해서 화장실 청소하는 모험이 있으면 좋겠다. 남학생들이 화장실을 즐거운 마음으로 깨끗이 청소했다. 모든 사역을 마치고 선교지 소도시 교회를 떠난다. 현지 교회 사람들에게 우리가 머물던 빈자리는 크고 우리 마음에 빈자리도 크다. 하나님의 은혜로 서로의 빈자리가 사랑으로 채워지기를 소망한다. 다음에 만날 날을 기억하며 오늘의 일상을 하나님 앞에서 충실하게 살아간다.

학생이 몰고 온 부흥의 큰 기적

†

새 생명 축제가 열린 날 우리 반에 기적이 일어났다. 한 학생이 자기 반 친구들을 엄청 많이 교회로 데리고 왔다. 이날은 고등부에서도 새로운 친구들을 위해 특별한 시간을 가졌다. 교사 기도회가 끝난 후 자리에 가보니 낯선 아이가 우리 반 자리에 앉아 있다. 새로운 친구다. 매우 잘생겼다. 다른 학생은 친구 두 명을 초청했다. 오랫동안 참석하지 않았던 친구도 함께 예배드린다. 꾸준히 참석하던 학생들은 여전히 예배 자리를 지켜주어 감사하다. 우리 반 의자는 거의 찼다. 잠시 후 한 학생이 자신의 반에서 여섯 명의 친구를 초청하여 데리고 온다. 자기 반 25%에 해당하는 인원을 예배 자리로 인도해 왔다. 친구들이 몇 시에 모일지 의논해서 같이 왔다고 한다. 앉을 자리가 모자라서 긴급하게 추가 자리를 마련했다. 신기하게도 새 생명 축제에 우리 반에만 아홉 명의 새로운 학생들이 초대받아 참석했다.

큰 기적이다. 예배를 드리는 동안 눈물이 흐른다. 하나님께서 나의 기도에 응답해 주셔서 감사하다. 학기 초에 우리 반 인원이 20명이 되길 기도했다. 아이들과 함께 새로운 친구들을 위해 기도했다. 하나님께서 그 기도에 거의 응답하셨을 때 감동의 눈물을 참을 수 없었다. 친구들을 초대하기 위해 애썼던 학생들 노력에 눈물이 난다. 교회로 사람을 초대하는 일은 결코 쉬운 일이 아니다. 정말 바쁘고 피곤한 학생들인데 주일날 아침에 일찍 일어났다. 학생들이 복음을 듣고 전하기 위해 스스로 움직인 것에 대해 깊이 감사했다.

삶을 살아가면서 주변 사람들에게 때때로 예수쟁이라는 비판을 받고는 한다. 그렇지만 하나님을 믿는다는 것은 결코 누추한 일이 아니다. 예수님을 믿음으로 더 거룩해진다. 새 생명 축제에 많은 학생이 참석했을 때의 기쁨이 잠시나마 세상에서 힘듦을 벗어나 하나님 은혜를 느끼게 해주었다. 교사로서 이러한 순간들은 큰 위로와 힘이 된다. 여호와를 알면 참된 기쁨이 있다. "기뻐하는 것이 너희의 힘이다"라고 하나님께서는 말씀하신다. 우리 마음에서 흐르는 기쁨의 강물은 오직 예수님을 믿는 믿음에서 말미암음이다. 세상의 어떤 기쁨보다도 예수님이 주시는 기쁨은 차원이 다르다. 예배 시간 내내 눈물이 흐른다. 이렇게 청소년은 예수님을 갈망한다. 어떤 이정표를 찾고자 한다. 삶의 북극성을 찾고 싶은 욕구가 청소년들에게 있다. 세상에 있는 것은 붙잡으려 해도 안개처럼 다 사라지고 허무하다. 예수님을 붙잡으면 최종 승리한다. 믿는 과정에서도 현재 시제로 지금 살아가는 이 시점에 기쁨이 강물처럼 흐른다. 마음에 기쁨이 강물처럼 흐르게 하는 것은 예수님뿐이다. 예수님은 마르지 않는 기쁨이다.

예수님을 믿을 때 기쁨의 강물이 춤춘다. 우리는 모두 죄인이다. 죄인이기에 죽을 수밖에 없다. 하나님은 우리를 너무나도 사랑하신다. 사랑하셨기에 하나님은 독생자 예수를 십자가에 희생시켜 우리의 죄를 사해주신다. 십자가 은혜로 우리는 다시 살아났다. 우리는 영원한 생명을 얻었다. 예수님은 죽으셨고 부활하셨다. 예수님을 믿는 믿음으로 죽을 몸에서 영원히 살 수 있게 되었다. 예배 시간 내내 눈물이 흐른다. 절대 누추하지 않다. 예수님을 믿는다고 해서 누추한 삶을 살지는 않는다. 아이들이 많은 전도를 해와서 누추함이 아닌 영광을 보았다. 예수님은 삶 속에서 수치를 걷어내 주신다. 하나님은 주님 임재하심과 은혜를 의지하는 삶을 풍성하게 채우시고 어려움과 수치에서 회복시켜 주신다.

> 그런즉 내가 이스라엘 가운데에 있어 너희 하나님 여호와가 되고 다른 이가 없는 줄을 너희가 알 것이라 내 백성이 영원히 수치를 당하지 아니하리로다
> 욜 2:27

예수님을 믿는 것은 삶의 원동력이다. 예수님으로 말미암아 삶에 대한 갈증은 해소된다. 아이들이 예수님을 알아 최고로 기쁨을 얻는 청소년들이 되기를 기도한다. 예수님을 전해 들은 학생들이 계속 예배의 자리에 나오기를 기도한다. 성적이 나빠서 수치스러울 때도 하나님은 수치에서 건져내 주신다. 하나님은 사람들이 모두 떠나 외로이 홀로 있을 때도 수치를

제거해 주신다. 종종 하나님 앞에 예배만 드리고 하나님 품 안에 머물기만 원할 때가 있다. 하지만 하나님 품을 떠나 세상으로 나아간다. 정글 같은 세상과 광야 같은 세상 그리고 황무지 같은 길에서 주님을 만난다. 교회 안에서 눈물 흘리며 주님을 만나기도 하고 세상에서도 삶을 비추는 주님을 예배한다. 수치를 당해 눈물 흘리는 바로 그곳에서 주님을 만난다. 주님이 인도하시는 길에 팍팍한 무릎을 일으켜 세워 걷는다. 주님은 다시 걸어갈 힘을 주신다. 청소년들이 수치스러운 일을 당하지 않기를 기도한다. 당하더라도 하나님은 싸매주시고 닦아주시고 다시 일으켜 세워주신다.

청소년이 예수님을 향한 마음이 뜨거운 용광로처럼 열정적이기를 기도한다. 주님은 청소년들 앞길에 빛과 길이 되어 주신다. 주님이 인도하시는 말씀을 따라 걷는 길이 올바른 길이다. 말씀대로 살아가면 방황 없이 청소년기를 보낸다. 말씀대로 살아가는 청소년은 흔들리지 않아 아까운 시간을 낭비하지 않는다. 나침반이 흔들리며 결국 북쪽을 가리키는 것처럼 결국 하나님께 영점 조정하며 올바르게 살아간다. 청소년기에 하나님을 만나는 것은 축복이다. 좋은 믿음의 친구를 만나는 것은 삶의 버팀목이 된다. 자기 마음을 나눌 줄 아는 친구를 만날 때 절대 좌절하지 않는다. 무엇보다 하나님을 의지하며 예배하며 나갈 때 그 학생은 무너지지 않는다. 학생들이 주님이 찾는 그 한 사람이 되기를 원한다. 다른 사람이 다 아니라고 할 때 하나님 말씀이 옳다고 외치는 자가 되길 기도한다. 말씀대로 살아가는 단 한 사람이 되기를 소망한다. 주님 알면 기쁨의 강물이 흐른다.

기뻐하는 것이 너희의 힘이라고 말씀하셨다.

> 느헤미야가 또 그들에게 이르기를 너희는 가서 살진 것을 먹고 단 것
> 을 마시되 준비하지 못한 자에게는 나누어 주라 이 날은 우리 주의 성
> 일이니 근심하지 말라 여호와로 인하여 기뻐하는 것이 너희의 힘이니
> 라 하고
>
> 느 8:10

    기쁨의 강물과 말씀의 거센 물결 그리고 성령의 힘은 세상을 변화시키는 청소년을 만든다. 변화된 단 한 사람 청소년으로 말미암아 세상은 새롭게 변화된다. 세상을 바꾸는 청소년이 된다. 선생은 볼품이 없는데 복음을 전파한 훌륭한 반 학생들을 통해 복을 받아 눈물이 흐른다. 하나님은 예수님이 좋아 전도한 학생들을 보시며 기뻐하신다. 예수쟁이라고 놀림을 받더라고 하나님 말씀은 최종 승리한다. 흔들리지 말고 주님이 인도하신 길을 묵묵히 따라가면 예수님 제자의 모습이 된다. 남을 더 섬기는 훌륭한 성인으로 다 자란다. 학생들이 얼마나 더 성장할지 기대하는 모습으로 미래 성장한 모습을 꿈꿔 본다. 부족한 선생님의 수치를 다 가려 주고 눈에 눈물이 나게 만들어 준 반 학생들에게 감사하다. 벌떼처럼 몰려오는 청소년들로 꽉 찬 부흥을 꿈꾸며 기도한다.

교회는 물감

✝

가을이 온다. 풀벌레 소리가 들려온다. 저 멀리 시내 불빛이 보인다. 바람이 시원하니 내 머리도 시원하다. 샤워하고 하늘을 바라본다. 몸이 시원하니 아름다운 별도 시원하다. 아름다운 밤이다. 이렇게 무더운 여름은 가고 가을이 오는가 보다. 저 별은 외로운 달빛처럼 보인다. 저 별도 홀로 있다. 모든 식어가는 밤에 오이를 보며 이제 가을을 준비한다. 가을은 홀로 있는 시간이다. 홀로 있는 시간에 하나님을 독대하며 하나님과 깊은 만남을 갖는다. 하나님을 기준으로 내 삶을 살아가고 싶다. 어떤 상황에 있더라도 하나님을 바라보며 나아가고 싶다. 일상을 살아가며 하나님과 더욱더 깊은 관계로 하나님의 말씀 속으로 깊이 빠져든다. 누구랑 같이하고 싶었지만, 홀로 있는 별처럼 늘 혼자였다. 사람들 사이에 살고 싶고 사람과 더불어 살고자 했지만, 사람들은 나를 다 떠나고 나도 멀리한 사람을 가까이하려 하지 않았다.

외로움과 고독한 삶을 살아 보니 주님만 바라보는 마음이 생겼다. 이 시간 외로운 마음을 감사 시간으로 바꾼다. 오직 하나님을 만나는 시간이고 하나님께 오롯이 홀로 서는 시간을 갖는다. 내 안에 하늘 별에서 내려오는 하나님 말씀이 마음속에 박힌다. 아버지 마음을 알아 세상일은 잠시 뒤로 밀린다. 평생에 한 번 있는 소중한 말씀 훈련 기간이다. 말씀과 씨름하며 말씀 깊은 곳으로 잠수하며 들어간다. 과제를 충실히 해서 마음의 충만함을 느낀다. 수많은 과제 속에서 말씀과 씨름하며 더욱더 깊은 말씀 샘물로 들어간다. 샘은 영원히 마르지 않는다. 목마르면 아무 때나 가서 마시면 된다. 영원히 마르지 않는 샘물을 마시길 소망한다.

교회는 물감이다. 고등부 예배에서 교회에 관한 설교를 들으며 교회는 건물이 아니라 우리 자신이라는 말씀을 듣는다. 각자 자신만의 교회를 동사 세 개로 표현하는 시간을 가진다. 먼저, 내 생각을 학생들과 나눈다. 교회가 세상의 아픔을 달래주고 위로하는 곳이 되어야 한다고 생각한다. 나는 교회가 눈물을 닦아주는 교회라고 이름 지었다. 교회는 힘든 이들에게 휴식처와 버팀목이 되어야 한다. 교회는 거룩함을 추구하면서도 다양한 사람들을 포용하는 곳이어야 한다. 어제는 편의점에서 라면을 먹는 중년의 아저씨와 아주머니를 보며 그분의 마음을 헤아리고 싶었다. 우수에 찬 눈빛과 눈을 마주쳤다. 그런 사람들에게 다가가 위로할 수 있는 것이 진정한 교회 모습이다. 제 주위에 있는 가까운 사람들에게도 이런 마음이 들었으면 좋겠다. 관계 개선을 위해 오랜 시간이 필요한 주변 사람도 우선순위가 높지만, 우선 자기가 할 수 있는 부분에서 도움이 되는 손길을 내주면 좋겠다. 직업이 좋고, 거룩하고, 품격 있고 좋은 사람들만 모이는 곳이 아니라 다양한 사람들을 품어주는 교회가 예수님이 가장 기뻐하는 교회다. 누추한 사람을 만나면 피하고 싶은 것이 인간의 본능이다. 누구나 좋은 곳에서 식사하며 품격 있는 만남을 갖고 싶어 한다.

바울은 다양한 사람들을 만났다. 바울처럼 다양한 사람을 품는 포용력을 본받고 싶다. 바울과 같은 마음으로 아픈 사람들을 보듬어 주고 안아주고 싶다. 제 마음도 같이 아프기 때문이다. 마음 아픈 사람들을 위로하는 교회가 되고 싶다. 그래서 나는 교회 이름을 눈물 닦아주는 교회라고 이름 지었다. 교회는 눈물을 닦아 주는 곳이다. 믿음 공동체에 직업이 좋고 자녀들도 다 훌륭하고 그런 분이 오신다면 좋지만, 바닥을 치고 있는 분들을 식구들로 만났을 때 과연 위로할지는 용기가 나지는 않는다. 그런데 그런 사람들을 만나는 소망이 생겨 함께 걸어가 보고 싶다. 우리가 움직이는 성전으로서 밟는 땅이 곧 교회가 된다. 이런 생각을 가지고 아픈 이들을 보듬고 싶다. 나는 고귀한 사람들뿐만 아니라 어려움에 부닥친 사람과 함께하고 싶다.

학생들은 각자가 생각하는 교회 의미를 독창적으로 표현했다. 한 학생은 반석 같은 교회로 어떤 시련에도 흔들리지 않는 교회를 지향했다. 다른 학생은 세워주는 교회로 넘어진 이들을 일으켜 세우고 싶다고 했다. 세상에 하나님 나라를 확장하고 싶다고 했다. 또 다른 학생은 교회를 물감에 비유했으며 세상에 아름다운 색을 칠하는 역할을 하고 싶어 했다. 다른 학생은 믿음의 증표가 되는 교회라고 했다. 세상에 나아가 하나님 믿음을 증거하는 삶을 지향했다.

교회는 세상 속에서 책임을 다하며 사랑과 복음의 메시지를 전파한다. 교회는 세상을 아름답게 칠하는 물감이다. 교회는 다양한 색상의 사람이 섞여 세상을 아름답게 색칠해 나간다. 지금 예배 후 세상으로 나가는 우리, 곧 교회는 세상을 아름다운 색깔로 칠해본다. 오늘은 무슨 색을 세상에 칠할지 고민한다. 세상을 빨간색, 파란색, 보라색, 초록색 등 아름다운 예수님 색깔로 색칠한다.

지나온 여정 속에서 주님 말씀이 삶을 비추어 주셨기에 삶이 아름다움으로 밀려왔던 시간이었다. 제자훈련은 하나님께 한 걸음씩 더 가까이 다가가는 시간이었다. 하나님 은혜의 변방에서 머물다 하나님 중심으로 조금 자리를 옮긴다. 아침마다 하나님께 드린 조각 기도 힘으로 하루 에너지를 얻는다. 조그마한 에너지와 기도로 하루 동안 잘 살아갈 힘을 주신 하나님을 찬양한다. 내게는 쉴 새 없이 달려온 2년이 소중한 시간이었다. 다시 이런 은혜를 받을 만한 시기가 올 것인가라는 생각이 들 정도로 많은 은혜를 받았다. 일상적으로도 많은 은혜를 받았고 해결되지 않은 문제는 그냥 감사하며 살기로 마음을 먹는다. 안 되는 것에 집착하지 말고 지금 가진 것에 감사하며 살아간다.

하나님을 깊이 만나며 하나님 은혜로 들어간다. 천천히 하나님 앞으로 나아간다. 하나님의 세미한 음성을 듣는다. 하나님의 눈물과 기쁨을 동시에 본다. 하나님이 나를 바라보시고 흘리시는 눈물을 본다. 하나님은 내 수치스러운 모습을 안아주신다. 하나님은 흐르는 내 눈물이 강물이 되도록 그냥 흐르게 놔둘 때가 많았다. 작은 액체인 눈물에 힘이 있다. 눈물은 상한 마음을 치유하는 힘이 있다. 하나님 앞에서 울고 나면 마음에 평안함이 찾아오고 세상은 고요해진다. 고요 속에 반짝이는 하나님 별을 보게 된다. 숨이 멈춘 듯한 순간, 훈련을 통해 다시 하나님과 호흡할 수 있었다. 하나님을 깊이 묵상할 때 증오는 사라졌다. 고요한 새벽에 하나님과 기도하며 많은 쉼을 얻었다. 하나님이 주신 은혜로 눈물을 많이 흘렸다. 은혜의 유통기한이 길어졌으면 좋겠다. 신앙이 시들지 않도록 은혜의 물주기를 계속 해 나간다. 하나님이 주신 오아시스에서 잠시 목을 축이고 광야 같은 삶을 걷는다.

하나님 앞에 두려운 마음으로 책을 마무리한다. 글을 마무리하면서 하나님과 더 깊은 교제가 있었다. 하나님께 책의 편집자가 되어달라고 간절히 기도했다. 책에 대한 세상의 평판에는 잠시 귀를 닫고 오직 하나님의 인자하신 판단을 믿으며 나간다. 부족한 사람이 책을 썼기에, 나보다 훌륭한 평신도들이 더 많은 글을 세상에 내놓아 복음을 전하는 기회가 더욱 많아지기를 소망한다. 신앙인이 쓴 글이 홀씨처럼 세상 곳곳에 퍼져나가 말씀의 씨앗이 널리 뿌려지면 좋겠다. 이 책을 통해서 단 한 사람이라도 예수님을 삶의 주인으로 모시는 역사가 일어난다면, 내게는 크나큰 기쁨이다. 신앙의 타성에 빠진 분들에게 작은 도전이 되길 바란다. 더 큰 바람이 있다면, 이 책을 계기로 글을 쓰는 이들이 우후죽순처럼 생겨 하나님을 찬양하는 책들이 더욱 많이 나오기를 소망한다. 백 명의 기독교 작가가 백 권의 책을 낸다면, 하나님 나라는 더욱 확장될 것이다. 하나님 영광을 위해 함께 힘차게 뛰어가는 모습이 되기를 소망한다.

마당에는 감꽃이 세상에는 말씀이 떨어진다. 감꽃을 엮으면 팔찌가 된다. 감꽃은 목걸이가 되기도 한다. 감꽃은 아름다움이다. 할머니 마당의 감꽃을 보며 이웃 사랑하는 마음을 갖게 되었다. 감꽃이 이웃을 사랑하는 길에 떨어져 축복을 해준다. 이 책이 감꽃처럼 잠시만이라도 이웃에게 따스함을 주는 책이 되면 좋겠다. 세상에 예수 그리스도를 전하기 위해 복음의 씨앗을 심는다. 세상에 뿌려진 말씀의 씨앗이 자라 복음의 열매가 열리는 역사가 일어나길 기도한다. 이 책에 하나님의 은혜가 깊이 스며들고 성령의 뜨거운 불길이 숨쉬기를 소망한다. 이제 이 책장을 덮고 세상으로 나간다. 혼자 걷지 않고 주님과 같이 걷는 은혜가 있기에 발걸음이 가볍다. 벼랑 끝에서도 하나님 손을 놓지 않고 끝까지 붙잡고 나간다. 예수님과 다시 시작한다. 다시 숨 쉰다. 다시 호흡한다.

참고자료

1. 『길 평신도를 위한 제자훈련 입문』 옥한흠 저, 국제제자훈련원(DMI)

2. 『예수님처럼』 맥스 루케이도 저, 윤종석 역, 복있는사람

3. 『늘 급한 일로 쫓기는 삶』 찰스 험멜 저, MP

4. 『내 마음 그리스도의 집』 로버트 멍어 저, MP

5. 『형제를 위하여 깨어지는 삶』 케파 셈팡기 저, MP

6. 『성경암송을 통하여 주님께로 돌아오다』 도슨 트로트맨 저, 네비게이토출판사

7. 『무엇을 기도할까』 옥한흠 저, 국제제자훈련원(DMI)

8. 『성경의 권위』 존 스토트 저, MP

9. 『10시간 만에 끝내는 스피드 조직신학』 정성욱 저, 홍성사

10. 『구원이란 무엇인가』 김세윤 저, 두란노

11. 『참 사랑은 그 어디에』 마스미 토요토미 저, MP

12. 『당신과 해외 선교』 마이클 그리피스 저, 송인규 역, MP

13. 『선교사가 되려면』 오스왈드 스미스 저, 김동완 역, 생명의말씀사

14. 『제임스 패커의 복음전도란 무엇인가』 제임스 패커 저, 조계광 역, 생명의말씀사

15. 『제자입니까』 후안 카를로스 오르티즈 저, 두란노

16. 『고통에는 뜻이 있다』 옥한흠 저, 국제제자훈련원(DMI)

17. 『예배』 존 맥아더 저, 아가페북스

18. 『순종의 학교에서』 앤드류 머레이 저, 생명의말씀사

19. 『그리스도인과 일』 벤 패터슨 저, MP

20. 『가난과 부』 헤르만 몰데즈 저, MP

21. 『상한 감정의 치유』 데이빗 A. 씨맨즈 저, 송헌복 역, 두란노

22. 『5가지 사랑의 언어』 게리 채프먼 저, 생명의말씀사

23. 『누가 나의 이웃인가?』 존 스토트 저, MP

24. 『파인애플 스토리』 IBLP 저, 김두화 역, 나침반사

25. 『사랑의 원자탄』 안용준 저, 성광문화사

26. 『온전한 제자도』 빌헐 저, 박규태 역, 국제제자훈련원(DMI)

27. 『열정의 비전메이커』 오정현 저, 국제제자훈련원(DMI)

28. 『영적 제자도』, J. 오스왈드 샌더스 저, 안정임 역, 국제제자훈련원(DMI)

29. 『팀 켈러의 탕부 하나님』, 팀 켈러 저, 윤종석 역, 두란노

30. 『온전론』, 오정현 저, 국제제자훈련원(DMI)

31. 『마틴 로이드 존스의 십자가』, 마틴 로이드 존스 저, 서창원 역, 두란노

32. 『나는 읽고 쓰고 버린다』, 손웅정 저, 난다

33. 『적당히 잊어버려도 좋은 나이입니다』, 가마타 미노루 저, 지소연 역, 더퀘스트

34. 『모험으로 사는 인생』, 폴 투르니에 저, 박영민 · 정동섭 역, IVP

35. 『어쩌다 교사』, 김성중 저, 두란노